「……琉夏を愛している」
……世界のレオンにとって、
それは特別な言葉ではないのかもしれない。
でも琉夏には、自分が告げた「好き」より
ずっと深い想いを感じる一言だ。
「琉夏……触れても？」
「うん」
頬に当てられていた大きな手が頭の後ろに回され、
そっと引き寄せられる。
仮初の皇子と運命の騎士

仮初の皇子と運命の騎士

真崎ひかる

23877

角川ルビー文庫

目次

口絵・本文イラスト／カトーナオ

《零》

「る……かっ」

目が覚めて飛び起きたと同時に、つい先ほどまで身を置いていた明晰夢《めいせきむ》がただの夢ではないと気づいた。

心臓が、全力疾走《しっそう》をした直後のように激しく脈打っている。

「夢？　違《ちが》う……夢じゃない」

上半身を起こしたベッドの上で、自分の両手をジッと見下ろす。

名残《なごり》を惜《お》しみ、別離《べつり》の間際《まぎわ》まで繋《つな》いでいた指先が離《はな》れた瞬間《しゅんかん》の胸の痛みは、今もまざまざと刻まれている。

この指で触《ふ》れた、艶《つや》やかな髪《かみ》の感触《かんしょく》まで残っているみたいだ。

途切《とぎ》れることなく大波のように押し寄せる記憶《きおく》は鮮烈《せんれつ》で、夢の邂逅《かいこう》が子どもの夢想ではないのだと確信を持つことができる。

「この世界のどこかに、生まれてきた……？」

次々と甦《よみがえ》る記憶は、『彼』の誕生を知らせるものに違いない。

地球上に、何億人の人がいようと。
地球の反対側、見知らぬ国に生まれていたとしても。
男だろうと、女だろうと、どちらでもいい。
目が合えば、その瞬間に『彼』だとわかる自信がある。
今はまだ、何の力もない。誰《だれ》に訴《うった》えても、子どもの夢だと笑って流されるだろう。
でも大人になって、力をつけて、必ず見つけ出してみせる。
今度こそ、離れることなく傍《そば》にいるために……。

《一》

「着きましたよ。こちらです」

「あ……ありがと、ございました」

色褪《いろあ》せた幌《ほろ》を掻《か》き分けて覗《のぞ》き込んできた女性に、車酔《くるまよ》いで息も絶え絶えの琉夏《るか》は、なんとかお礼を返す。

牧歌的としか表現しようのない小さな駅まで迎《むか》えに来てくれた車は、幌が荷台を覆《おお》う年季の入ったトラックだった。駅から離れるにつれ未舗装《みほそう》の部分が多くなった道はガタガタと揺《ゆ》れ、同乗者を含《ふく》めへろへろになっている。

「荷物を降ろしましょうね」

「あ、大丈夫《だいじょうぶ》です。すみません。ありがとうございます」

荷台の隅《すみ》に積み上げたスーツケースに手を伸《の》ばしかけた女性を、慌《あわ》てて制する。正確にはわからないが、六十歳前後の女性に大きなスーツケースを任せるわけにはいかない。こちらは、自分も含めて二十歳《はたち》そこその若者ばかりだ。

トラックを運転していた男性が、女性の背後から顔を覗かせた。

「マリナ、彼ら……荷物……？」

女性の名前を呼んだのはわかるが、早口のドイツ語は所々しか聞き取ることができない。もっとゆっくり話してくれれば、もう少し理解できるはずなのだが。

短く言葉を交《か》わして何度かうなずいた女性は、琉夏たちに向き直って男性との会話を通訳してくれた。

「彼が皆《みな》さんのスーツケースを玄関《げんかん》先まで運んでおくそうですから、私からこちらのお屋敷《やしき》の説明をしますね」

「でも、申し訳ないです」

「いいのよ。あなた方より彼のほうが、力があるでしょうし」

アハハ、と朗《ほが》らかに笑った彼女の言葉を否定することはできなかった。自分も含めて、体格も腕力《わんりょく》も彼には敵《かな》いそうにない。

しかも今は、車酔いで大ダメージを負っている。

「……お願いします」

それでも躊躇《ためら》う琉夏の背後から、甘えてしまうことを決め込んだらしい先輩《せんぱい》の声が聞こえてきて振《ふ》り向いた。

「松井《まつい》先輩」

「先、降りるぞ」

そう言いながら肩《かた》に手を置かれて、ビクリと力が入ってしまう。しまった。過剰《かじょう》な反応だっただろうか。

横切った一学年上の先輩、松井の横顔を窺《うかが》ったけれど、幸い身体《からだ》の強張《こわば》りには気づかなかったらしい。

「あー、空気が美味《うま》い」

琉夏を押しのけるようにしてトラックの荷台を降り、大きく両手を頭上に伸ばして深呼吸をしている。

その横顔や手足の長い長身は、同じ大学の学生だけでなく、近隣《きんりん》の女子大学の学生まで構内に紛《まぎ》れ込んで接近を図ろうとするほど目を惹《ひ》くものだ。

松井に関する噂《うわさ》は、友人がさほど多くない琉夏の耳にも届いている。雑誌の読者モデルをしているとか、琉夏は詳《くわ》しくないがネット配信者のチャンネルに友人として顔出しをしてその周囲では爆発《ばくはつ》的な人気が出たとか、なにかと派手だ。

そんな彼に、つい視線を向けてしまうのは琉夏も同じで……普段《ふだん》は変に思われないよう気を張っているけれど、何気ない接触《せっしょく》に意識してしまうのはどうしようもないと自身に言い訳をしている。

自身のセクシャリティを深く掘《ほ》り下げて考えたことはないが、女の子は可愛《かわい》いと感じる。それでも、物心つく頃《ころ》には年上の同性に惹かれることのほうが多かったことを思えば、ゲイ寄りのバイセクシャルというやつなのかもしれない。

ただ、誰か特定の人物に、明確な恋愛《れんあい》感情を抱《いだ》いたことはない。長身で、ノーブルな雰囲気《ふんいき》の男性……と、ぼんやりした理想とする『像』があるだけだ。

よく憶《おぼ》えていないが、幼少期に外国の映画で見た俳優に、そういう雰囲気の人がいたのだろうか。

「河西《かさい》、邪魔《じゃま》」

「あっ、すみません」

続いて降りようとしたらしい別の先輩に背中を小突《こづ》かれて、出入り口を塞《ふさ》いでいることに気づいた琉夏は慌ててトラックを降りた。

荷物運びを任せてしまうことに恐縮《きょうしゅく》する琉夏をよそに、先輩たちは周りを見回して口々に感想を言い合っていた。

「すげー、教授から聞いていた以上に田舎《いなか》……っつーか、山って感じ。まぁ、高山植物だとか固有種は豊富だろうけど」

「遊べる場所なんかなさそうだねぇ。自然と戯《たわむ》れろってことかな」

「一応、目的はソレだからなぁ。適当にレポート書いて、一日、二日早めにここを出て空港の近く……フランクフルトで遊べばいいんじゃない？」

「そうだなー……でも、途中《とちゅう》で教授が合流するんだっけ。帰国前に自由行動が欲しいとかって、それらしい言い訳を考えないとなぁ」

二年生は琉夏だけで他《ほか》はすべて上級生なので、口を挟《はさ》むことはできない。心の中で、研修を理由に学校から助成金を貰《もら》っているのだから、レポートはきちんと仕上げたほうがいいと思うけど……と、つぶやくに止《とど》める。

せめて自分だけでも、失礼のないようにしなければと心に決めて、にこにこ笑いながらこちらを見ている女性に軽く頭を下げた。

「お世話になります。お願いします」

「あらあら、ご丁寧《ていねい》に。若い人たちには退屈《たいくつ》かもしれませんけど、種類の豊富な植物園もありますし植物のお勉強にはなると思いますよ」

神妙《しんみょう》に、「はい」とうなずく琉夏をよそに、先輩たちは「時差ボケがキツイなー」とか「寝《ね》るなよ。夜は飲み会だし」とか「つーか、酒売ってる店が近くにあんのか？」等々、普段のノリで言い合っている。

この調子で、十日間を過ごすのか……と考えただけで、軽く眩暈《めまい》がしてきた。

どちらにしても、『希少植物研究室』の中で下っ端《ぱ》の自分は先輩たちに逆らうことができないので、ここでもいつも通り小間使いとして奔走《ほんそう》することになるだろう。

□□□

「注意事項《じこう》は、このお屋敷のご主人の私室には立ち入らないこと……以上です。一室だけ鍵《かぎ》がかかっているので、入れない部屋だということはわかると思いますけどね。あとは、植物園も含めて好きに見学してくれていいそうです。トレッキングのガイドが必要なら、おっしゃってくださいね。甥《おい》がご案内しますから。電話をくださっても構いませんし、あちらの……赤い屋根の家が私の自宅なので、直接訪ねてきてくださっても大丈夫。困ったことや聞きたいことがあれば、いつでも遠慮《えんりょ》なくおっしゃってね」

「わかりました。ありがとうございます」

一通り説明してくれた女性から鍵を受け取りながら、頭を下げる。

マリナと名乗った明るくおしゃべり好きらしい彼女は、琉夏たちに広いお屋敷の中を案内しながら色々な話を語ってくれた。

普段は仕事で忙《いそが》しく、年に数回しか訪ねて来ないお屋敷の所有者に依頼《いらい》されて、この建物の管理をしていること。日本語が驚《おどろ》くほど巧《たく》みなのは、今は亡《な》き母親が日本人だったことに加え、息子《むすこ》の配偶者《はいぐうしゃ》が日本人なのが理由だということまで、こちらが尋《たず》ねる余地もなく楽しそうに聞かせてくれたのだ。

琉夏とは比べ物にならないほどコミュニケーション能力の高い先輩たちは、あっという間にマリナと打ち解けて、近くにある商店の場所やお酒を買うことができるのかということまで聞き出していた。

「あの、僕は河西琉夏です。東城《とうじょう》大学の二年生で、植物学の勉強をしています。トレッキングのガイドも是非《ぜひ》お願いしたいですし、いろいろお世話になるかと思いますが、よろしくお願いします」

そういえば、名乗っていなかった……と思い出した琉夏が今更《いまさら》ながら自己紹介《しょうかい》をすると、何《な》故《ぜ》か彼女は目を丸くした。

変なことを言っただろうかと琉夏が不安になる前に、その理由を明かしてくれる。

「ルカさん？　まぁ、うちの主人と同じだわ。この辺りでは、ルカという名前の男性がとても多いのよ」

「えっと、なにか理由が……？」

世代によって名前の流行《はや》りはあると思うが、この地域で多いというには特別な理由があるのだろうか。

不思議になって聞き返すと、マリナは満面の笑《え》みを浮《う》かべて大きくうなずいた。

「ずーっと昔、何百年も前の話だけれど、こちらのお屋敷《やしき》に住んでらしたのがこの地方の領主だった皇子《おうじ》様なの。ただ、生まれつきお身体が弱かったそうで、静養のために空気の綺麗《きれい》なここに滞在《たいざい》されていて……若くして亡くなられたらしいけど、聡明《そうめい》な方でね。その頃、地域の風土病と思われていた難病の原因や対処法を見つけて伝えてくださったおかげで、たくさんの子どもたちが救われたそうなの。その皇子様のお名前が、ルカ様。この村の外れにある教会に聖人として祀《まつ》られているのも、ルカ様の御霊《みたま》なのよ」

「なんか、そんな皇子様と僕が同じ名前だなんて……申し訳ないです」

聖人扱《あつか》いされるほど立派な皇子様と同じ名前だとは、畏《おそ》れ多い……と恐縮する琉夏に、マリナは「なにをおっしゃるの」と豪快《ごうかい》に笑いながら、背中を叩《たた》いてきた。

「遠い外国にまで、お勉強に来られるほどですもの。ルカさんも、この先、とても立派な先生になるかもしれないでしょう？　自信を持って！」

「あ、ありがとうございます」

自信という言葉ほど、自分に縁遠《えんどお》いものはないけどなぁと思いつつ、励《はげ》ましてくれた彼女にお礼を返す。

玄関先《げんかんさき》で話し込む琉夏たちをよそに、お屋敷の中へ入っていた松井が顔を覗《のぞ》かせた。

「あれ、河西まだ話してたんだ。マリナさん、キッチンに石窯《いしがま》があったけど、あれ使えるのかな。ピザとか焼ける？」

マリナが案内してくれたキッチンには、確かに石窯らしいものがあった。食材は商店で買ったりマリナが分けてくれたりするらしいので、可能な限り自炊《じすい》をしよう……と話してはいたのだが、窯まで使わせてもらおうという発想のなかった琉夏は少し驚いた。

日常生活において窯という調理器具に馴染《なじ》みのない琉夏にとって、特別な料理に使うものという認識《にんしき》なのだが、マリナはあっさりうなずく。

「ええ、あとで自家製ピザと朝食用のパンとソーセージとチーズを差し入れますから、焼き立てを食べてちょうだい。そうそう、薪《まき》の場所も教えておくわ。あなたたちが来られる前に、主人が補充《ほじゅう》してくれたの」

「いいんですか？　自家製ピザやパンにソーセージ、チーズもすげー嬉《うれ》しい。いただきます」

無邪気《むじゃき》に喜ぶ松井を横目に、琉夏は「自家製の食料品まで貰おうなんて、そんなに甘えていいのかなぁ」と不安が込み上げてくる。

このお屋敷を友人から借りてくれた教授に、顔向けできないことにならないよう……羽目を外しすぎないように、制御《せいぎょ》することが自分に可能だろうか。

ハラハラする琉夏は、心の中で「教授、早く合流してください」と泣き言を零《こぼ》して抜《ぬ》けるような青い空を仰《あお》ぐ。

「マリナ。彼ら……終わった、まだなにかある？」

車で迎《むか》えに来てくれた上に、自分たちの荷物を運び入れてくれた男性が戻《もど》ってきてマリナに話しかける。

今度は、所々聞き取ることができた。自分たちの荷物を運び終えてくれたということか。

「ええ、……ルカさん、薪の場所をお知らせしておくから、って。さっきの彼は……お友達のところへ戻ったみたいね」

「あ、僕が」

今度は、薪の置き場所を案内してくれるという彼に、「すみません、ありがとうございます」と頭を下げて小走りで後をついて行った。

癖《くせ》の強いドイツ語だが、ゆっくりと話してくれたらかろうじて聞き取ることができる。

ドイツには、もともと関心があった。高校生の頃《ころ》、琉夏が生まれる前に母親と断交した父親が日独の混血だと知り、自分の身体《からだ》に僅《わず》かながらでも流れる血のルーツに興味を抱《いだ》いた。

その後ドイツ語の勉強を本格的に始めたのは、原書で読みたい資料や図鑑《ずかん》があったことがきっかけだが、留学生に頼《たの》み込んでドイツ語会話も習っておいてよかった。

きっと、薪を運んだり窯に火を起こしたり……という雑務も、自分の役目だ。きちんと使い方も聞いておこう。

《二》

かつて皇子様が滞在していたというだけあって、二階建てのお屋敷は自分たちのような学生が合宿所として使わせてもらうには、贅沢《ぜいたく》過ぎる空間だ。五人の先輩《せんぱい》たちには二人の女性が含《ふく》まれているけれど、全員に個室が割り当てられるので問題ない。アンティークな調度品の並ぶリビングも広く、冬には大活躍《だいかつやく》するだろう暖炉《だんろ》まであって、教授の伝手《つて》がなければ自分たちのような学生には絶対に借りられない建物だ。

そのリビングでは、移動の疲《つか》れもあってささやかだった一日目より更に派手な飲み会が開催《かいさい》されている。

「飲め飲め、ジュースでもいいからさ！」

「オレンジジュース、一気飲み行くぜ！」

「おまえそれなら、炭酸でチャレンジしろよ～」

琉夏は、うっかり飲み物を零したりして絨毯《じゅうたん》を汚《よご》しませんように……とドキドキしながら盛り上がる先輩たちを傍観《ぼうかん》している。

「河西、氷がなくなった」

「あ、はい。持ってきます」

ロックアイスのストックは、キッチンの冷蔵庫だ。琉夏は空になった大きなピッチャーを受け取り、リビングを出た。

「はぁ……」

一人で長い廊下《ろうか》を歩きながら、特大のため息を零してしまう。

予想はついていたけれど、覚悟《かくご》していた以上に小間使い状態になっている。研修の名目でここまで来たのに先輩たちはメインイベントが遊興になっていて、本来の目的を果たそうとする琉夏だけが浮いている。

この調子では、レポートも琉夏の作成したものがグループ研究の名の下《もと》で提出されることだろう。

「それは、別にいいけど」

むしろ、マイペースで好きなように調べものができる状況《じょうきょう》は好都合だった。

ドイツとスイスの国境近く、自然が多く残るこの地は、固有の高山植物が目移りするほど自生している。

貴重な草花を見つけては目を輝《かがや》かせて写真を撮《と》り、図鑑と照合する作業もわくわくする。そう簡単には見つからないとわかっているが、こういう土地なら絶滅種《ぜつめつしゅ》も発見できるのではないかと期待してしまう。

薄暗《うすぐら》いキッチンで、ロックアイスの袋《ふくろ》からピッチャーにたっぷりと氷を移して、来た道を戻った。

「アハハハハ、マジで？　そのバイト、ヤバくない？」

「ご飯とかお茶とか、カラオケくらいだからそんなにヤバいとは思わないけど、引き際《ぎわ》が悩《なや》みどころでさぁ。今回いい機会だから、期間は言わずに国外に研修に行くんでこれきりですぅって言い残してきた。着信があったけど、電波状況がよくないんでー……つって切って、以後はスルー」

「大学とかバレてんじゃねーの？」

「ホントの大学名なんか、言うわけないじゃん。ついでに名前も適当に作ったヤツだったし、身バレはしてない」

「悪いヤツだなー」

「なんで？　アッチも、そのあたりは割り切ってんだろうし」

　宴会《えんかい》の開始から二時間、盛り上がりは最高潮に達しているらしくてリビングでの会話が廊下にまで筒抜《つつぬ》けだ。

　入るタイミングを窺《うかが》っていると、

「ガールズバーにプラスして、おっさん相手のパパ活かぁ。俺らには無理……って、松井だと金持ちのマダム相手に引く手数多《あまた》ってヤツだろうけど。やってみれば？」

松井に話が振《ふ》られ、琉夏の心臓が大きく脈打つ。松井がどう答えるのか、息を詰《つ》めて耳に神経を集中させた。

「俺？　まぁ……男女不問で結構声をかけられるけど、ペット扱《あつか》いされるのはゴメンかな。可愛《かわい》く尻尾《しっぽ》を振るとか、無理」

「ああ、基本が俺様だもんな。アイツみたいなタイプだと、それでも喜ばれそうだけど」

「アイツ？」

怪訝《けげん》な調子で聞き返した松井に、笑いながら答えた先輩は、悪気などなさそうに滑《なめ》らかな口調で続けた。

「河西だって。キラキラした目で見て、おまえに気があるんじゃねーの？　なんでも言うこと聞くし。ぶっちゃけ、どうよ」

圏外《けんがい》にいたはずなのに突如《とつじょ》話題の真っただ中に引っ張り込まれた琉夏は、ひゅっと息を呑《の》んで唇《くちびる》を震《ふる》わせた。

ピッチャーの持ち手を握《にぎ》る指に、ギュッと力が増す。

松井は、どう答えるのか……聞きたくない。両手で耳を塞《ふさ》ぎたいのに、右手に持った氷入りのピッチャーが邪魔《じゃま》だし身体が動かない。

嫌《いや》だ嫌だと心の中で繰《く》り返す琉夏を嘲笑《あざわら》うかのように、松井の声が耳に飛び込んできた。

「勘弁《かんべん》しろって。まぁ好かれていたとしても実害はないし、ドイツ語とかできるから使えるって理由で構ってやってるだけで、妙《みょう》な期待をされるとか……想像するだけでも無理」

「無理って、その言い方はないでしょー。河西くん、いつもうつむいてるからハッキリ見えないけど、可愛い顔してるけどなぁ。外国の血が入ってるっぽくない？　チューくらいならできるでしょ」

今度は、女子の声だ。

馬鹿《ばか》にしたり茶化したりするのではなく、庇《かば》ってくれている雰囲気《ふんいき》だったけれど、琉夏にとっては追い討《う》ちをかけられているようにしか感じない。

実際に、松井の返事は琉夏の傷口を広げるものだった。

「ヤメロって。……うぇぇって感じ」

「なんだよ、うぇぇって。いきなり語彙《ごい》力が馬鹿になってんじゃん。酔《よ》っ払《ぱら》いか？」

「酔っ払いはおまえだろ」

「オマエモダー！」

「ちょっと、スルメを投げないでー！」

「つーか誰《だれ》だよ、スルメ持ってきたの。よく見つからずに税関を通ったな」

一際大きな声が上がり、ドッと場が沸《わ》く。その声で、金縛《かなしば》りになったように竦《すく》んでいた身体《からだ》がようやく動いた。

スルメが飛ぼうがなんでもいい。話題が逸《そ》れてくれただけで、ありがたい。

琉夏は細く息を吐《は》くと、室内に入ってすぐのところにそっと氷の入ったピッチャーを置いて、リビングを離《はな》れた。

階段を上がり、リビングの喧騒《けんそう》が遠ざかり……やっと深く息ができたのと同時に、心臓が激しく脈打っていることに気がつく。

「はは……うぇぇ、だって」

松井は笑っていたけれど、声には本音が滲《にじ》み出ていた。なにより、琉夏自身は隠《かく》しているつもりだった好意が、本人のみならず先輩たち全員に感づかれていたなんて……次に顔を合わせた時、これまでと変わらず接することができるだろうか。

「立ち聞きなんか、するもんじゃない……な」

自分の不作法を責めても、一度耳に入れてしまったことはなかったことにできない。

何百年も前、皇子《おうじ》様が住んでいた当時のものではないはずだが、お屋敷《やしき》の雰囲気に合わせてかアンティークな照明が並ぶ廊下は光が乏《とぼ》しい。

足元に視線を落としてのろのろと歩いていた琉夏は、割り当てられた部屋の扉《とびら》を開ける。一歩室内に踏《ふ》み込んだ直後、

「あ、れ？　間違《まちが》えた？」

自室のつもりで大きく開いた扉が、誤っていることに気づいて動きを止めた。

部屋の電気を点《つ》けなくても、ぼんやりと明るいのは……カーテンの引かれていない窓から差

し込む満月の明かりが、室内を照らしているせいだろう。普段《ふだん》は使っていない調度品等を集めてあるのか、白い布のかけられた家具らしきものが見て取れる。

「この部屋、って確か……」

『ここにある大鏡はね、不思議な力を秘《ひ》めているそうなの』

お屋敷の中を案内してくれた、マリナの言葉が頭に浮《う》かぶ。

琉夏は、姿の見えないなにかに呼び寄せられるかのように、ふらふらと部屋の奥に歩を進めた。

『こちらの大鏡は皇子様がお住まいだった頃《ころ》からあるもので、魔力《まりょく》を宿していると言い伝えられています。大鏡を通して、宿星を同じくする魂《たましい》と入れ代わることができるの。入れ代わる相手のいる場所が、地球上か異世界か、過去か未来かはわかりません。戻《もど》ることができる保証もないそうなので、興味本位で覗《のぞ》かないほうがよろしいですよ』

部屋の最奥《さいおう》、壁《かべ》に立てかけられたソレが、窓から差し込む月光を反射してキラリと光る。

マリナが話してくれた時は白い布が覆《おお》い隠していたけれど、今は全体が剝《む》き出しになっている。夕方、「面白《おもしろ》そう。覗いてみようぜ」と悪乗りした先輩《せんぱい》たちが布を捲《めく》り上げたせいで、床《ゆか》に落ちてしまったのだろう。

好奇心旺盛《こうきしんおうせい》な先輩たちは、マリナの忠告を無視して一通り自分の姿を映していたようだが、別段変わったことはなかったらしい。

すぐに、「なんだ。ただのおとぎ話か」と興味を失って部屋を出た。

琉夏は、禁忌《きんき》と聞かされたことをわざわざ試《ため》すような冒険《ぼうけん》心はないので、少し離れたところから見ていただけだったが……。

のろのろと大鏡に歩み寄った琉夏は、大鏡の前に立った。身長百六十七センチの琉夏の全身が、すっぽり映るほど大きい。銀色の鏡を縁取《ふちど》っている豪奢《ごうしゃ》な装飾《そうしょく》は、くすんだ色の金属……真鍮《しんちゅう》だろうか。

「…………」

ぼんやりとした月光が、鏡を照らす。

そこに映し出された自分は、不思議な感じだった。

髪《かみ》のカラーリングをするでもなく、流行《はや》りの服に身を包むでもない。先輩は「可愛い顔をしている」と言ってくれたけれど、変に目立ちたくないからいつもうつむいているのであって……結局、自分の外見が好きではない。

鏡を覗くのは身嗜《みだしな》みを整える時だけで、こんなふうに、鏡に映る自分をまじまじと眺《なが》めることもなく……月明かりのせいか、鏡の向こうに立つ姿は自分なのに自分ではないような、奇妙《きみょう》な感覚に襲《おそ》われた。

首を傾《かし》げた拍子《ひょうし》に揺《ゆ》れた髪の色が、月光を吸い込んだような金色に見える？

「え？　なん……か……」

足元が、ふわふわと揺れているみたいだ。眩暈《めまい》か？　と目を閉じて鏡についたはずの右手が、頼《たよ》りなく空を掻《か》いた。

反射的に鏡に目を向けると、視線が合った瞳《ひとみ》は見慣れた黒いものではなく、エメラルドのような澄《す》んだ翠色《みどり》だった。

「変な、錯《さっ》……覚《かく》」

今、自分が見ているものに現実感がない。なにが起きているのだと忙《せわ》しなく瞬《まばた》きをした直後、鏡に向かって突《つ》き出した右手がギュッと握られた。

「な……！」

あまりの恐怖《きょうふ》に声も出なくて、全身を強張《こわば》らせた。激しい脈動が耳の奥で響《ひび》き、思考が真っ白に染まる。

動けない。悲鳴を上げるどころか、微《かす》かな声を零《こぼ》すこともできない。

自分の身に起きているあまりにも非現実的な出来事に、息も止まりそうだ。

月光の照らす鏡に映る、自分であって自分ではない『なにか』から目を逸らせずにいると、ソレはふわりと笑《え》みを浮かべた。

「……」

握られたままの右手を強く引かれ、鏡に激突《げきとつ》する！　と衝撃《しょうげき》を覚悟《かくご》して反射的に目を閉じる。

けれど、琉夏は鏡に身体を打ちつけることはなくて……。

「ッ、ッ……」

突如《とつじょ》高いところから投げ出されたような、浮遊感《ふゆうかん》に包まれた。恐怖のあまり、目を開けることができない。

平衡感覚《へいこうかんかく》があやふやになり、ただひたすら落ちていく……いや、浮き上がっているのだろうか？

五感すべてが白い靄《もや》に包まれ、深い闇《やみ》の奥に吸い込まれるようだ。

『大鏡は、魔力を宿していて……』

意識を手放す寸前、琉夏の頭の奥に響いたのは、静かに語るマリナの声だった。

《三》

「っ！　ま、ぶし……」

ふと瞼《まぶた》を開いたと同時に、眩《まぶ》しい光が目を刺《さ》した。目の前が真っ白になり、咄嗟《とっさ》に腕《うで》を上げて顔を覆う。

とんでもなく眩しい。滅多《めった》にしないことだけれど、遮光《しゃこう》カーテンを引くのを忘れて寝《ね》てしまったのだろうか。

頭の芯《しん》に鈍《にぶ》い痛みがあり、寝覚めがよくないなとわずかに眉《まゆ》を顰《ひそ》めた。

「……お目覚めになりましたか？」

「え？」

すぐ近くから聞こえてきた誰かの声に、ビクリと顔の上に置いた腕を浮かせた。

先ほどよりは明るさに慣れていたらしく、今度は視界が真っ白にハレーションを起こすことなく周囲の様子が目に入る。

ここは……どこだろう。馴染《なじ》みのある、一人暮らしの部屋ではない。

そういえば、研修旅行でドイツとスイスの国境付近にあるお屋敷に滞在《たいざい》していたのだった…

…と意識がはっきりしてきたけれど、お屋敷《やしき》で自分に割り当てられた一室の雰囲気《ふんいき》でもない。

「な……んだ？」

もっとコンパクトな部屋だったように思うのに、今自分が乗っているベッドは、両手を広げてもまだまだ端《はし》まで距離《きょり》のある大きなもののように感じる。

光は感じるのに、窓が視界に入らない。ベッドだけでなく、部屋そのものもやたらと広いような気が……。

違和感《いわかん》に戸惑《とまど》う琉夏の上から、先ほどと同じ深みのある男の声が落ちてきた。

「侍女《じじょ》から、倒《たお》れられたと聞きました。血色のない顔色をしていらしたので心配しましたが、少し血の気が戻られたようで安心しました」

「…………」

これは……誰《だれ》だ？　先輩たちの声ではない。

どなたですかと投げかけようとした質問が喉《のど》の奥で詰《つ》まり、声にならない。

怖《こわ》いもの見たさに近い心境で、声の聞こえてきた方向へそろりと目を向けると、こちらを窺《うかが》っていたらしい男と視線が絡《から》んだ。

その瞬間《しゅんかん》、琉夏は恐怖も忘れて息を呑《の》む。

すごい。深海のような蒼《あお》い瞳だ。清潔感のある短さに切り揃《そろ》えられた髪は、艶《つや》やかなダークチョコレート色。

外国人の年齢《ねんれい》を見極《みきわ》めるのは難しいが、二十歳《はたち》になったばかりの琉夏より十歳くらい上……一回りは離《はな》れていないと思う。

端整《たんせい》な顔立ちに長身、纏《まと》う空気は硬質《こうしつ》で鋭《するど》く凛《りん》と澄んで、高貴だとか高潔だとかいう表現がこれほどピッタリの青年に初めて出逢《であ》った。

時間が止まったように感じたのは、外国映画に出てくる俳優のような青年に目を奪《うば》われて、呆然《ぼうぜん》としていたせいだろう。

「ルカ様？　体調が優《すぐ》れませんか？」

「……だ、誰……？」

馴染みのない声で名前を呼ばれたことで、惚《ほう》けているわけではないと現実に引き戻《もど》される。かすれた声は、今にも空気に溶《と》け込みそうな頼りないものだったが、彼の耳にはきちんと届いたらしい。

「名乗りが遅《おく》れまして、失礼致《いた》しました。レオンハルトと申します。レオンとお呼びください。王都の騎士《きし》団に所属しておりましたが、本日より、こちらでルカ様の護衛に就《つ》くこととなりました」

王都？　騎士団？　護衛？

それぞれ単語としては認識《にんしき》できるのに、なにがなんだかわからない。しかも、護衛の対象が自分とはどういうことだ？

だいたい、『様付け』で名前を呼ばれる謂《いわ》れはない。偉《えら》い肩書《かたが》きも身分も存在しない、ただの大学生なのだ。

ニコリともしないレオンは話しかけ難《にく》く、なにが起きているのだと気軽に疑問をぶつけることのできる雰囲気ではない。

「朝食をお持ちします。少しでも召《め》し上がってください」

ぼんやりとしている琉夏が、寝惚《ねぼ》けていると受け取ったのだろうか。恭《うやうや》しく頭を下げたレオンは、ゆったりとした足取りで部屋を出て行った。

ベッドに横たわったまま見上げていたので、背が高そうだなという第一印象ではあったが正確にはわからなかった。歩幅《ほはば》の大きさから、予想していたより長身なのかもしれない。

「あ、言葉が……わかった？」

琉夏は自然とレオンの言葉を理解できていたし、レオンも「誰」と問いかけた琉夏に躊躇《ためら》いなく答えた。

自分が、日本語を話していたのかドイツ語を話していたのか、どちらでもない言語を口にしていたのか……わからない。

ただ、レオンが日本語を話していたのではないことだけは明白だ。外見は典型的なゲルマン系なので、流暢《りゅうちょう》な日本語を操《あやつ》っていたのなら強烈《きょうれつ》な印象が残っているはず。

不可解だが、琉夏が一人で首を捻《ひね》っていても答えは出そうにない。言葉が通じないことの不便さを考えると、難なく会話ができて幸運だと思うことにしよう。

「で、ここはどこだ？」

差し迫《せま》った危険はなさそうなので、まずは現状の把握《はあく》をしたい。

ゆっくりとベッドに上半身を起こし、改めて周囲を見回す。

大きなベッドに、広い部屋……アンティークな調度品の数々よりも琉夏の目を惹《ひ》いたのは、壁《かべ》一面の書棚《しょだな》にぎっしりと並んだ本だ。

「すごい本。この冊数は……人に見せるための飾《かざ》りじゃなくて、実際に読むために集めたものだろうなぁ」

圧倒《あっとう》的の一言だった。この部屋の主《あるじ》は、かなりの勉強家らしい。

窓際《まどぎわ》に置かれた机にも分厚い本が積まれていて、斜《なな》めに引かれた椅子《いす》といい、つい先ほどまで誰かが勉強していたような雰囲気だ。

「って、誰が？　あの人……レオンが言っていた、ルカ様？」

なにもかもわからないことばかりで、混乱は深まる一方だった。

書棚から、レオンが出て行った扉《とびら》に向かって視線を移した琉夏は彫刻細工《ちょうこくざいく》の施《ほどこ》された重厚《じゅうこう》な扉の脇《わき》にあるモノに目を瞠《みは》った。

繊細《せんさい》な真鍮《しんちゅう》の飾りに縁取《ふちど》られた……大きな、姿見鏡。

「あの大鏡っ！」

ベッドを飛び降りた琉夏は、壁にかかっている大鏡のところへ素足《すあし》で駆《か》け寄った。

金属部分は記憶《きおく》にあるよりピカピカだけれど、あのお屋敷にあった大鏡とまったく同じ物に見える。

鏡越《ご》しに自分と視線を絡ませたと同時に、眠《ねむ》る前の記憶が押し寄せてきた。

そうだ。物置状態になっている一室で、魔力《まりょく》を帯びているとかいうこの『大鏡』を覗《のぞ》き込んだのだ。

鏡に映ったのは、自分……とよく似た『誰か』で、手を摑《つか》まれて鏡の中に引き込まれたような……？

途中《とちゅう》であやふやになり、その後をハッキリと憶《おぼ》えていないのは、気を失っていたのだろうか。

ゾクッと背筋を悪寒《おかん》が駆け抜《ぬ》け、摑まれた右手を恐《おそ》る恐る見下ろす。

ホラー映画のように、摑まれた証拠《しょうこ》である指の痕跡《こんせき》が刻まれてはいなくて、ホッと肩《かた》の力を抜いた。

「まさか……と思うけど」

コクンと喉を鳴らして、鏡に映る自分に右手を伸《の》ばしてみた。指先が冷たい鏡面に触《ふ》れ、鏡の向こうの自分が泣きそうな顔になる。

マリナの言葉を思い出せ。なんと言っていた？

「大鏡を通して、宿星を同じくする魂《たましい》と入れ代わる……だっけ？　地球上か異世界か、過去か未来かはわからない……戻ることができる保証もない」

そんな、ファンタジー映画かおとぎ話のようなことが現実に起きるわけがない。

でも、先ほどの青年、レオンの自分に対する恭しい態度は、からかっているとはとても思えなかった。

相手が『ルカ様』だと信じているもので……。

「別人です、とか言わないほうがよさそう？」

相手がそう信じているのなら、ひとまず『ルカ様』のふりをしていたほうがいいだろうか。

少なくとも、身の安全は図れそうだ。

もしかして、次に寝て起きれば元居た世界に戻っているかもしれない。

レオンを騙《だま》そうとしている罪悪感はあるけれど、今は『ルカ様』に成りすまそうと決意して、唇《くちびる》を引き結んだ。

「あ、服。着替え……ってあるかな」

ベッドの中にいたので、琉夏の衣服が長袖《ながそで》のシャツとデニムパンツだということは気づかれなかったはずだ。レオンの服装からして、これでは『ルカ様』にそぐわないだろうし……室内を見回した琉夏は、ベッドの足元にきちんと畳《たた》まれた服らしきものが置かれていることに気づいた。

近づいて手に取ってみると、やはり服だ。

「奇抜《きばつ》な服じゃなくて、よかった」

薄《うす》い布は、絹らしいつるつるとした滑《すべ》らかな肌触《はだざわ》りだった。たっぷりとした布に小さなボタンが並び、シンプルなようでいて華美《かび》な衣服だ。襟元《えりもと》と手首回りの袖口《そでぐち》には、金と紺色《こんいろ》の糸で蔓《つる》のような繊細な刺繍《ししゅう》が施されている。

細身のズボンは、ウールだろうか。女性の穿《は》くレギンスみたいで一瞬《いっしゅん》手を止めたが、スキニージーンズだと思えば抵抗《ていこう》が薄れる。

先ほどのレオンは、騎士と名乗った通り仰々《ぎょうぎょう》しい服を着ていたなぁと思い浮《う》かべながら、なんとか服を着替える。

丈《たけ》や裄《ゆき》はピッタリで、幸い『ルカ様』と琉夏は体格があまり変わらないようだ。

「鏡の向こうにいたのが、『ルカ様』なのか？」

ぼんやりとした記憶を探《さぐ》り、鏡越しに目が合った少年を思い浮かべた。

マリナは『宿星を同じくする魂』と言っていたが、外見も似通うものなのか背丈を含《ふく》む容姿がそっくりだった。ぼんやりとした月明かりだったとはいえ、自分が映っていると思っていたくらいだ。

ただ、明確な違《ちが》いがあって……。

「あの子は、金髪《きんぱつ》で、目の色が翠《みどり》だった……」

黒髪《くろかみ》で瞳《ひとみ》も黒い琉夏とは、決定的な相違《そうい》だ。成りすまそうなどと、安易に考えた自分は馬鹿《ばか》ではないだろうか。

レオンは『本日より』と言っていたので、『ルカ様』の容姿を知らなかったのかもしれない。

でも、これまでの『ルカ様』を知っている人に逢《あ》えば、別人だということは一目瞭然《いちもくりようぜん》だ。

どうしよう、と焦燥感《しようそうかん》に視線を泳がせたと同時に、扉をノックする音が聞こえた。

「ルカ様。失礼いたします」

「ぁ……あっ、……ッ」

入るな、と咄嗟《とつさ》に言うことができればよかったのだろうけど、上手《うま》く声が出ない。逃《に》げ隠《かく》れできない状況《じようきよう》で、レオンと食器の載《の》ったトレイを持つ女性が部屋に入ってきた。

白いエプロン姿の女性が、扉脇《とびらわき》の大鏡の前に立っている琉夏と顔を合わせた瞬間《しゆんかん》、大きく目を見開いて驚愕《きようがく》を露《あら》わにする。

もうダメだ！

不審《ふしん》人物だと悲鳴を上げられることを覚悟《かくご》して身を竦《すく》めた琉夏に、女性は「ルカ様！」と悲痛な声で名前を口にした。

「その御髪《みぐし》……瞳まで、なんということでしょう！　昨夜《ゆうべ》、こちらで倒《たお》れられていたルカ様を見つけたマリーから聞いていましたけれど、まさかこれほどとは……」

女性が両手に持っているトレイが、ガタガタと震《ふる》えている。

落としてしまいそうだな、と琉夏が目を向けると、同じことを考えたらしいレオンが無言でトレイを取り上げた。

レオンは彼女を追い越して室内に入り、ベッドサイドの小さな丸テーブルにトレイを置く。衝撃《しょうげき》から立ち直れないらしい彼女は、レオンの存在を忘れたかのように、琉夏から目を逸《そ》らすことなく言葉を続けた。

「王都の皇后様から賜《たまわ》った新しいお薬、とてもよく効くけれど一時的にいつもより具合が悪くなる可能性があるし、他《ほか》にもどのような副作用があるかわからないとはお聞きしていましたけれど……こんなふうに、変貌《へんぼう》なさるなんて。他に、どこか痛いとか苦しいとか、体調に変化がおありですか？　ルカ様」

距離《きょり》を詰《つ》められて、無言で足を引く。

下手なことを言えば墓穴を掘《ほ》ってしまいそうなので、声を出すことができない。そんな琉夏に、エプロンを両手で握《にぎ》り締《し》めた彼女はますます切羽《せっぱ》詰《つ》まった表情になる。

「まさか、お声が……」

「だ、大丈夫《だいじょうぶ》。ええと……頭がぼんやりしていて」

ぽつぽつと言い返したことで、彼女の顔から緊張《きんちょう》がほんの少し解けた。胸元《むなもと》に手を当て、大きく息をして自分を落ち着かせている。

次に口を開いた彼女の言葉は、感情を意識的に抑《おさ》えたらしいゆっくりとしたものだった。

「取り乱しまして、失礼いたしました。きっと、ルカ様ご自身が、一番衝撃を受けていらっしやると思いますのに……。ひとまず、お食事を召《め》し上がってください」

「あ、ありがとうございます」

恭《うやうや》しく頭を下げられ、ぎこちなくうなずいた。

トレイを置いたテーブルのところから戸口へと戻《もど》ってきたレオンが、琉夏に軽く頭をさげて彼女に話しかける。

「申し訳ない、いくつか確認《かくにん》しておきたいことがあるので、こちらに勧める侍女《じじょ》を集めてもらえるだろうか」

「はい、レオンハルト様。ルカ様のお好きなスープをお持ちしましたので、ご無理のない範囲《はんい》でお口になさってくださいませ」

「ルカ様、失礼します。食器は、後ほど下げに参ります」

お辞儀《じぎ》を残して廊下《ろうか》に出て行った二人を見送り、完全に扉《とびら》が閉まったことを確認してから大きく息をついた。

「やり過ごせた……？」

髪や瞳の色が『ルカ様』と異なることについては、こちらが言い訳を考えるまでもなく都合よく解釈《かいしゃく》してくれたようだし、まさか『ルカ様』が別人だとは疑ってもいないようだ。

侍女という人たちが何人いるのかはわからないが、必要以上に言葉を交《か》わすことなく接触《せっしょく》を避《さ》けていれば、なんとか誤魔化《ごまか》せるか？

顔を合わせた時に彼女のように驚《おどろ》きを表さなかったレオンは、やはりこれまでの『ルカ様』を知らないのだろう。

「戻れるまで、『ルカ様』のふりをする。でも……もし、戻れなかったら……？」

つぶやいたと同時に、鏡の中の自分と目が合う。

マリナは、戻ることができるかどうかわからないと言っていた。もし、ずっとこのままなら……と考えただけで、足が震えてきた。

「ッ、まずは僕も、ちょっと落ち着いて考えよう」

動悸《どうき》を抑えようと深呼吸をする。途端《とたん》に喉《のど》の渇《かわ》きを覚えて、レオンがサイドテーブルに置いていったトレイに視線を移した。

身体《からだ》の向きを変えた琉夏は、ゆっくりとサイドテーブルの傍《そば》に歩み寄り、銀色のトレイを見下ろした。

湯気の立つスープボウルと、あまり馴染《なじ》みのないフルーツ……カップには、水らしき透明《とうめい》の液体が注がれている。

「食欲《しょくよく》はないけど、いただきます」

水の入ったカップを手に取り、恐《おそ》る恐る口をつけた。常温の水を一口含み、僅《わず》かに眉根《まゆね》を寄せる。

「ん……」

美味《おい》しい……けど、喉を通る水に少し癖《くせ》を感じるのは、きっとこの水が硬水《こうすい》だからだ。マリナが、日本の水は軟水《なんすい》だけれどこの地域は硬水だから、馴染めないようなら水は軟水を選んで買って飲んだほうがいいと言っていた。

蛇口《じゃぐち》を捻《ひね》って試《ため》しに飲んでみた水は、この水と同じ味だったと思う。

「硬水の地域、ってことか。あのお屋敷《やしき》と似た雰囲気《ふんいき》だし、時代が異なるだけで場所は同じってこともある……？」

大鏡が、元居た場所と今いるところを繋《つな》ぐ重要なアイテムになっているのなら、戻るためにはなんとしてでもここを離《はな》れるわけにはいかない。

絶対に、『ルカ様』ではないと、気づかれないようにしなければ。まずは、室内をじっくり観察して『ルカ様』のことを知ろう。

日記のような日々の覚え書きでもあれば、ありがたいけれど……と考えたところで、ふと怖《こわ》いことが思い浮かんだ。

「僕が、ここにいて……『ルカ様』は、入れ代わってあっちにいるのか？」

鏡に映った金髪の少年が『ルカ様』なら、今頃《いまごろ》琉夏の代わりに『河西琉夏』となっている可能性が高い。

先輩《せんぱい》たちの前に、金髪で翠色の瞳になった自分が現れるという図を想像した琉夏は、無言で青褪《あおざ》める。

いや、いくらなんでもここの人たちのように、『ルカ様』と『琉夏』を同一人物だと思い違《ちが》いをすることはないだろう。

地元の少年が、同じ年くらいの外国人男女を珍《めずら》しがって様子を窺《うかが》いに来た、くらいに捉《とら》えてくれる可能性の方が高いか。

琉夏と容姿が似ているということについては、髪の色と瞳《ひとみ》の色が異なるのだから印象がまったく違うはずで、似ているところにまで辿《たど》り着かないかもしれない。

ただそうなれば、『河西琉夏』は行方《ゆくえ》不明扱《あつか》いで、大騒《おおさわ》ぎになるのでは。マリナたちにも先輩たちにも、教授にも迷惑《めいわく》をかけてしまう。

下手したら、国際問題に発展する可能性も……？

「うー……ここで、僕が考えても仕方ないか」

想像で気を揉《も》んでいてもどうにもならないかと頭を軽く振《ふ》り、まずは自分の対策に集中しようと窓際《まどぎわ》の机に目を向けた。

開かれたままの、ノートのようなものが置かれている。紙面には、黒いインクで文字が書かれていた。

右手を伸《の》ばしかけて戻し、顔の前で両手のひらを合わせた。

「勝手に見て、ごめんなさい」

自分の罪悪感を軽くするため、『ルカ様』に詫《わ》びているだけだと自覚している。胸の奥が申し訳なさでキリキリ痛んだけれど、少しでも情報を得るためだと自身に言い訳をしてザラリとした紙の束を手に取った。

通ってきた鏡の魔力《まりょく》のおかげか別の力が働いているのか、会話はできた。ここに書かれている文字も、読むことができればいいのだが……。

《四》

この部屋に大量にある本は、琉夏にとっても心惹《こころひ》かれるものばかりだった。どうやら部屋の主《あるじ》であるルカは、動植物が相当好きらしい。

図鑑《ずかん》だけでなく、動物や植物に関する童話やイラスト集まで揃《そろ》えられていた。

「勉強熱心なんだな。ノートにも、植物のことがたくさん書かれていたし」

机の上に何冊も積まれていたノートは、ルカが観察している植物の絵が大量に描《か》かれていた。その脇《わき》には、スケッチした日時や育成について気になったことまで、細かく書き込みがしてあったのだ。

「字が読めて、ほんっとうによかった」

分厚い上製本の表紙を指先で撫《な》でながら、しみじみとつぶやく。

もともとドイツ語は英語より気合いを入れて学習しているので、図鑑の解説くらいの文字量なら辞書を片手に解読することができた。けれど、今は辞書を必要としない程《ほど》スラスラと読み取れる。

これも鏡の魔力なのか、会話が難なく交わせることと同じくらい、文字を解読できることはありがたい。

そのおかげで、部屋にあったノートや書棚《しょだな》の本から、『ルカ様』について少しずつ知ることができた。

琉夏も植物学を学んでいるので、興味のない人よりは知識があると自負していたけれど、ルカの観察眼は視点が少し変わっていて面白《おもしろ》い。

「虫の種類によって、好む草花が違う……なんて、確かにそうだけど『皇子様《おうじ》』が持つ疑問だと思えばちょっと変わっているなぁ」

騎士《きし》を名乗ったレオンや女性たちが『ルカ様』と恭しく呼びかけるのも当然で、どうやら彼は王族らしい。

ただ、幼少時から身体が弱く、一年の大半を王都から離れたこの土地で静養している……というのは、マリナから聞いた琉夏と同じ名前の、かつての皇子様と同じだ。

「このお屋敷も、やっぱりあのお屋敷なのかな」

王都からの侍女《じじょ》はルカ自身が不要だと帰し、代わりに近隣《きんりん》の人たちが交代でルカの世話をするために毎朝通ってきているようだ。

彼女たちが帰宅する夜、こっそり他《ほか》の部屋も見て回ったけれど、見覚えのある間取りと調度品ばかりだった。

すべての部屋を見て回ることができたわけではないが、窓から見える風景といいマリナから聞いた『ルカ様』の話との整合性といい、大鏡に吸い込まれて数百年の時代を遡《さかのぼ》ってしまったのだと思って間違いないだろう。

「ルカは……大丈夫《だいじょうぶ》かな」

入れ代わったのだとしたら、自分の代わりに『未来』にいるはずのルカも混乱しているに違いない。

不安と心細さは、今の自分が抱《いだ》いているものと同じか……案外、好奇心《こうきしん》を刺激《しげき》されて知らないものの数々を面白がっている可能性もあるか？

「問題は、どうやったら現代に戻《もど》れるか……だよな。もし、病気や事故で僕がここで死んじゃったら、どうなるんだろう」

不安が募《つの》るばかりなので怖いことは考えないようにしているのに、どうしても「もし」を思い浮《う》かべてしまう。

一刻も早く戻る方法を見つけなければならないのはもちろん、ここでの自分の振る舞《ま》いがどこにどんな影響《えいきょう》をもたらすのか予想もつかないので、できる限り接触《せっしょく》する人も最小限にして大人しくしておくべきだろう。

幸いなのは、もとよりルカ自身が、ひっそりと生きているらしい……ということだ。

静養中ということもあるのだろうけれど、身の回りの世話をするため訪《おとず》れる女性たちとぽつぽつ会話をする以外は、自室で本を読んでいるかお屋敷の周囲で植物を観察しているかのどちらかのようだ。

「皇子様なのに、淋《さみ》しそうだな……」

鏡越《ご》しに一度だけ顔を合わせたルカは、金色の華《はな》やかな髪《かみ》に翠《みどり》の瞳をした絵本に出てくる皇子様そのものの雰囲気だった。自分と一卵性双生児《そうせいじ》のようにそっくりな容姿でも、生まれ育ちが高貴だからか印象が全然違っていて不思議だ。

それなのに、煌《きら》びやかなお城に住むでもなくたくさんの従者に囲まれるでもなく、絵本では皇子様とセットのように描かれている綺麗《きれい》なお姫《ひめ》様もいなくて、息を潜《ひそ》めるようにして生きている。

日記代わりのノートには植物や虫の絵ばかりで、この様子では、恋人《こいびと》どころか友人らしい友人もいないのではなかろうか。

「ルカ様、失礼します」

「っ……はい」

ノートに描かれた草の絵をぼんやり見下ろしていると、扉《とびら》をノックする音が響《ひび》いた。落ち着いた低い声は、レオンのものだ。

琉夏が答えながら振り向くと同時に、静かに扉が開かれる。

「体調はいかがですか。ジュリアから、こちらの薬湯を飲んでいただくように……と」

「……ありがとうございます」

レオンが手に持ったトレイには、白磁のティーポットとカップが並んでいる。

琉夏は詳《くわ》しくないから想像するだけだが、きっと現代だととんでもない値がつくアンティーク茶器だろう……などと、すぐに「高そう」と考えてしまうのは、庶民故《しょみんゆえ》だ。

「こちらに置きます」

大股《おおまた》で部屋を横切って小さな丸テーブルにトレイを置いたレオンは、琉夏とまともに目を合わせようとしない。

端整《たんせい》な横顔をそっと窺ってみても、表情がなく硬質《こうしつ》な空気を纏《まと》い……なにを考えているのか読み取ることはできなかった。

初めて顔を合わせた際、『ルカ様』の変貌《へんぼう》に悲鳴を上げたジュリアはおしゃべり好きな女性で、こちらから聞くまでもなくレオンのことを話してくれた。

王都では高位の騎士として活躍《かつやく》していたけれど、隣国《りんごく》との戦いの際に負傷したことで前線を退くことになった……とか、負傷した右肩《みぎかた》は完治していないらしく、本人は隠《かく》しているつもりのようだが時おり痛そうにしている……とか。

それらの話から、レオンが現状に納得《なっとく》していないのではないかと推測することができた。どことなく『ルカ様』に素っ気ないのも、大した危険がなさそうな辺境の地で静養中の皇子様の護衛という退屈《たいくつ》な任務が、レオンにとって不本意なせいだろう。

それも、深入りされることを避《さ》けたい琉夏にとっては、好都合だ。『ルカ様』ではないと感づかれる危険を少しでも避けるためには、適度な距離感《きょりかん》を保っているほうがいい。

ぼんやり考えていたせいで横顔を見過ぎてしまったのか、視線を感じたらしいレオンがこちらに顔を向けた。

深い蒼色《あお》の瞳《ひとみ》とまともに目が合ってしまい、ぎくりとした。見詰《みつ》めていたことを誤魔化《ごまか》そうと、しどろもどろに口を開く。

「あ……の、怪我《けが》した……って聞きましたけど」

琉夏の言葉に、レオンはほんのわずかに眉《まゆ》を顰《ひそ》める。表情の変化は一瞬《いっしゅん》だったけれど、気に障《さわ》ったのは間違いない。

黙殺《もくさつ》したかったのかもしれないが、『ルカ様』に聞かれたことを無視するわけにはいかなかったのだろう。

感情を押し殺したような声で、淡々《たんたん》と答える。

「既《すで》に治癒《ちゆ》しておりますので、ルカ様のお気遣《きづか》いは無用です。あと、臣下である私に丁寧《ていねい》な態度を取っていただく必要はありません」

確かに、ティーポットからカップに薬湯を注《つ》ぐ手つきは、怪我を庇《かば》っているものではない。ただ、硬《かた》い表情と声からは拒絶《きょぜつ》を感じ、これ以上踏《ふ》み込むなと目の前にロープを張られた気分だ。

どうぞ、とティーカップを差し出されて、躊躇《ためら》いつつ受け取った。

薬湯ということは、漢方薬のようなものだろう。色は紅茶に似ているが、匂《にお》いは中国茶に近いかもしれない。

ルカのために用意されたものなら身体《からだ》に害はないと思うけれど、正体不明のお茶に口をつけるのは抵抗《ていこう》がある。

「……後で飲む」

小さく口にして、カップをテーブルに置く。レオンは訝《いぶか》しむでもなく、「そうですか」とうなずいた。

その表情はやはり無愛想《ぶあいそう》としか言いようがないもので、『ルカ様』に媚《こ》び諂《へつら》うでもなく露骨《ろこつ》に敬愛を示すでもない。これが本物のルカだったらどう感じたのかはわからないが、琉夏は気が楽だった。

他に用がないなら、早く立ち去ってくれないかな……と息苦しさを感じながら足元に視線を落としていると、視界に影《かげ》が差した。

レオンが履《は》いている靴《くつ》の爪先《つまさき》が映り、反射的に顔を上げる。

「ルカ様、失礼をお許しください」

なにかと思えば、目元にかかる前髪を指先で軽く払《はら》われて、ジッと見下ろされている。間近に迫《せま》る蒼の瞳に、心臓が大きく脈打った。

なに……？　どこか、不審《ふしん》に思われるところがあったのか？

緊張《きんちょう》のあまり、声が出ない。無言のレオンの意図が読めないので、目を逸《そ》らすことも動くこともできない。

言葉もなく見つめてくる綺麗な蒼色の瞳は、琉夏の奥深くまで見透《みす》かそうとしているみたいで……怖《こわ》い。

ドクドク……耳の奥でうるさいくらい響く激しい動悸《どうき》が、レオンにまで聞こえてしまいそうだ。

喉《のど》がヒリヒリするほど渇《かわ》き、息苦しさが限界に達しようとしたところで、ようやくレオンが口を開いた。

「ルカ様の瞳の色は、本来翠だと伺《うかが》いました。髪の色の変化も一時的なものかと思いましたが、どちらも黒いままですね」

どうやら、薬が原因だということにしている変色が治る兆候はないのかと、観察していたらしい。

「あ……髪と目の色」

ぎこちなくレオンから視線を逸らした琉夏は、こんなふうに捉《とら》えるのは被害妄想《ひがいもうそう》だとわかっていながら小声で言い返した。

「黒々としていて、変……気味が悪い？」

口に出した直後、ずいぶん卑屈《ひくつ》な響きになってしまったと自分でも呆《あき》れる。

外国の血が入ってる……と言っていた先輩《せんぱい》の言葉が、脳裏《のうり》に浮《う》かんだ。

幼少時、同じように「外国の血が？」と尋《たず》ねてきた大人たちに、母親が「父親は、綺麗なブラウンの髪に、瞳の色もヘーゼルナッツみたいな色だったんだけど」と残念そうに答えていたことを思い出す。

外国の血が流れているのに、それらしく見えない……などとガッカリされたくない。そんなふうに考えて、うつむくことが習い性になったのは、いつからだっただろう。

レオンが琉夏の言葉をどう受け取ったのか確かめるのが怖くて、彼が着ている服のボタンに視線をさ迷わせた。

「いいえ。そのように受け止められてしまったのでしたら、申し訳ございません。本来のルカ様の髪や瞳を拝見したことはありませんが、艶《つや》やかな黒髪と稀《まれ》な黒い宝玉のような瞳も美しく……お似合いです」

「美し……」

耳慣れない単語に、絶句してしまった。

そろりと窺《うかが》ったレオンは、軽口を叩《たた》いている雰囲気《ふんいき》ではない。これまでと同じく、真顔で琉夏を見下ろしている。

接した時間は短いが、愛想笑いさえできないレオンは、思ってもいないことを口にするタイプではなさそうだ。

本気で言っている……？　とレオンの言葉を頭の中で復唱した途端《とたん》、じわりと顔が熱くなるのを感じた。

「レオン、感性っていうか、審美眼《しんびがん》がちょっと面白《おもしろ》いって言われませ……ない？」

指先で前髪を乱しながら、うつむく。

足が動くなら、背中を向けたかった。レオンの目から、隠れたい。今の自分がどんな顔をしているのか、わからない。

「いいえ。……ですが、ルカ様に対して失敬な発言でした」

「全然っ……そんなふうには、思わない。考えたことをそのまま言ってくれたほうが、いいし」

どう答えるのが正解なのか琉夏にはわからなくて、本物の『ルカ様』ならどうするだろうと迷いながら言葉を返す。

レオンはほんの少し腰《こし》を曲げて、恭《うやうや》しくお辞儀《じぎ》をした。

「寛大《かんだい》なお言葉を、ありがとうございます」

顔立ちだけでなく、立ち居振《いふ》る舞《ま》いまで端正《たんせい》な人だ。

姿勢がいいせいもあり、長身がより際立《きわだ》つ。肩幅《かたはば》が広く、胸板が厚い頑健《がんけん》な肢体《したい》だ。衣服の上からでも、筋肉がしっかりついた腕《うで》の太さが見て取れる。

騎士《きし》というからには、剣《けん》の扱《あつか》いにも長《た》けているのだろう。運動全般《ぜんぱん》が苦手な自分とは、なにもかも正反対だ。

「ジュリアが、今日は天気がいいので外の空気を吸いながら昼食を取ってはいかがでしょうかと申しております。バスケットに、昼食を用意いたしますからと」

「う……うん。そうだね」

琉夏がここに来て二日目だが、昨日も今日もお屋敷《やしき》の外へは一度も出ていない。ルカのスケッチしたノートには多種多様な植物や蝶《ちょう》などの虫が描《か》かれていて、好奇心《こうきしん》は刺激《しげき》されても、未知の世界なのだから怖くもある。

琉夏の返事が鈍《にぶ》いのを、レオンは別の理由だと受け取ったらしい。

「屋外は不安ですか？　私が、護衛としてお供いたします。ルカ様を必ず御護《おまも》りいたしますので、ご安心ください」

「っ……うん」

こちらを見下ろす真摯《しんし》な瞳に、心臓がドクンと一際大きく脈打つ。ぎこちなくうなずいた琉夏は、必死に自分に言い聞かせた。

勘違《かんちが》いするな。レオンが「護る」と言うのは、彼の任務が『ルカ様』の護衛だからだ。大切な人への眼差《まなざ》しと言葉のようでも、彼の立場がそうさせている。

なにより、真剣《しんけん》な眼差しも言葉も『ルカ様』へのものであって琉夏に宛《あ》てたわけではないのだから、ドキドキするなどおこがましい。

「では、後ほど参ります。失礼致《いた》します」

レオンが出て行き、扉《とびら》が閉まる。彼の気配を感じなくなり数秒経《た》ってから、大きく息をついた。

「はー……威圧感《いあつかん》がすごいんだよね」

威圧感という表現が、正しいかどうかはわからない。本人は威嚇《いかく》しているつもりではないはずだが、存在だけで空気がピリッと張り詰《つ》める。

漂《ただよ》う雰囲気が硬質《こうしつ》で凛《りん》としているせいか、レオンと接するとやけに緊張する。いつも無意識に身体を強張《こわば》らせてしまうらしく、肩の筋肉がガチガチだ。

琉夏は片方ずつゆっくりと肩を回して筋肉を解《ほぐ》し、扉の脇《わき》にある大鏡の前に立った。

「やっぱり、ただの鏡……」

昨日から、数え切れないほどこの鏡を覗《のぞ》き込んだ。夕方も深夜も、朝も……鏡に映るのは自分の姿で、そのたびにため息の数を重ねる。

手を伸《の》ばして鏡面に触《ふ》れてみても、ただの冷たい鏡の感触《かんしょく》が伝わってくるだけだった。

「なにか、条件があるのかもなぁ」

鏡に背中を向けて、窓際にある机へ向かう。その途中《とちゅう》、ベッドサイドの丸テーブルに置かれたトレイの茶器に視線を落として、足を止めた。

すっかり冷めているらしく、レオンがポットから注《つ》いだ際はカップから立ち上っていた湯気は、もう見えない。

カップの取っ手を摘《つ》まみ、薄《うす》いカップの縁《ふち》を唇《くちびる》に当てる。ほんの少し薬湯を含《ふく》み、舌に広がる苦味に眉《まゆ》を顰《ひそ》めた。

「う、強烈《きょうれつ》……漢方薬みたいなものなんだろうな」

小学生の頃《ころ》、同じアパートに住んでいたおばあさんが飲んでいた漢方薬が、こんな感じだった。

血の繋《つな》がりはなかったけれど、毎日のように学校帰りに部屋を訪ねると、あまり家にいない母親に代わって琉夏とよく話をしてくれた。

少し足の悪いおばあさんのリハビリを兼《か》ねて、近所の公園や河川敷《かせんしき》まで散歩をした。そこでも、雑草にしか見えない草花の一つずつに名前があるのだと語ってくれた。同じ植物でも部位によって薬にも毒にもなるのだと教えてくれて、紫陽花《あじさい》は土壌《どじょう》が酸性かアルカリ性かによって花の色が異なるのだということも、おばあさんが教えてくれた。

小学校を卒業する前に亡《な》くなってしまったけれど、琉夏が植物に興味を持つ大きなきっかけになった大切な人だ。

「時代的に、化学薬品の類《たぐい》はないのかな。……こんなの、信じるくらいだし……迷信的なものも、普通《ふつう》に受け入れられているんだろうなぁ」

幼少時から身体《からだ》が弱いというルカも、静養と漢方薬的な薬湯などで様子見をしているくらいだ。

前髪《まえがみ》を摘まみ、「僕には都合がよかったけど」とつぶやく。薬のせいで髪や瞳《ひとみ》の色が変わったという言い訳は、現代では通用しないだろう。

「ルカのノートにも、薬草関係の記述が多いみたいだし」

高地という土地柄《とちがら》や時代的なものもあってか、琉夏には馴染《なじ》みのない植物がたくさんありそうだ。

レオン同伴《どうはん》とはいえ、外に出て……直《じか》に草花を目にしたり触れたりすることができる機会は、貴重かもしれない。

「あまりしゃべらなかったら、不自然に思われないよね」

ジュリアはマリナに似たおしゃべり好きだけれど、レオンは寡黙《かもく》なので積極的に話しかけてくることはないだろう。琉夏さえ言動に気をつけていれば、『ルカ様』ではないという疑いを持たれずにやり過ごせるはずだ。

あの綺麗《きれい》な深い蒼《あお》色の瞳を思い起こせば、なにもかも見透《みす》かされてしまいそうで少し怖《こわ》いけれど……。

窓を開けた琉夏は、人影《ひとかげ》がないことを確認《かくにん》してカップのお茶を庭に撒《ま》く。

「ごめんなさい。僕にとっては、正体不明の薬湯で怖くて飲めないんです」

偽者《にせもの》である自分が、本物の皇子《おうじ》様であるルカのために用意されたものを捨ててしまうことを詫《わ》びながら、ポットに残るお茶も庭に流した。

いつ戻《もど》れるか、わからない。

……戻れないかもしれないとは、考えないようにしよう。

しばらくルカに成りすますことを決めたのだから、ここのことも、『ルカ様』のことも、もう少し知るべきだ。

自分のためでもあるし、偽者の琉夏が不用意な言動を見せたせいで、ルカに悪影響《あくえいきょう》が及《およ》ばないようにするためにも。

《五》

「ルカ様、お疲《つか》れではありませんか？」

「大丈夫《だいじょうぶ》」

少し前に倒《たお》れた『ルカ様』の体調を考慮《こうりょ》して遠出をしないほうがいいと判断したのか、レオンが足を止めたのはお屋敷から徒歩十分も離《はな》れていない場所だった。

それでも、見える場所に民家らしきものはなく自然に囲まれている。遠くには、万年雪を冠《かん》した壮大《そうだい》な山も連なっていた。

「こちらにどうぞ」

レオンが草の上に広げたのは、細かな模様が織られた薄い絨毯《じゅうたん》のようなもので、ピクニックシートにしては豪華《ごうか》な敷物《しきもの》だ。

靴《くつ》を履《は》いたまま敷物の端《はし》に腰《こし》を下ろした琉夏は、空を仰《あお》いで降り注ぐ陽光に目を細めた。

風が爽《さわ》やかで、心地《ここち》いい。迷ったけれど、外に出てよかった。

「すぐに昼食になさいますか？」

「んー……少し、このあたりを散策したい」

「わかりました」

琉夏の返答にうなずいたレオンは、右手に持っていたバスケットを敷物に置いて周辺を見回した。

そんなふうに警戒《けいかい》をしなくても、近くには人影一つ見当たらない。現代ではお屋敷《やしき》の玄関先《げんかんさき》から見えていたマリナの家も、ここでは建っていない。

ジュリアたちは、ルカの身の回りの世話をするため近隣《きんりん》から通ってきていると聞いたが、琉夏の想像する徒歩数分の近所ではなくもっと離れているようだ。

「あの花……」

視線を巡《めぐ》らせた先に、小さな青紫《あおむらさき》色の花を見つけた。ルカのノートに描《か》かれていた花に似ていて、立ち上がって近づく。

草に膝《ひざ》をついて屈《かが》み込み、顔を寄せてジッと観察した。

放射状に広がった、五枚の花弁。ベロニカより花弁の先端《せんたん》が鋭《するど》いので、ホシガタリンドウだろうか。

ドイツとスイスの境界付近ということもあってか、スイスアルプスで見られる高山植物が多くありそうだ。

少し離れたところには、小さな白い花がたくさんついた……アキレア・ミレフォリウムだろうか。日本でも見ることができる、ノコギリソウの一種だ。

ルカのノートにあった、あの花も見ることができるのでは……。

屈み込んだ琉夏は、いつしか時間も忘れて植物の観察に没頭《ぼっとう》していた。

夢中になるあまり足元しか見ておらず、頭上から「ルカ様」と低く呼びかけられたことでビクリと動きを止めた。

「そちらには、小さな川があります。冷たい雪解け水が流れていますので、お身体を濡《ぬ》らさないようお気をつけください」

「川？　だったら、湿地《しっち》の植物もあるかな」

レオンは、近づかないようにと注意したつもりだろうけれど、琉夏には逆に作用した。逸《はや》るままに立ち上がった直後、ぐらりと足元が揺《ゆ》らぐ。

「ぁ……」

目の前が……いきなり真っ暗になった。

ずっと屈み込んでいたのに、急に立ち上がったせいで立ち眩《くら》みに襲《おそ》われたのだと気づいてもどうすることもできず、治まるのを待つしかない。

ふらりと一歩踏《ふ》み出した足が、草の上を滑《すべ》った。

「ルカ様！」

転ぶ、と覚悟《かくご》してギュッと瞼《まぶた》を閉じた直後、強い力で二の腕《うで》を摑《つか》まれる。体勢を崩《くず》した身体は、受け身を取ることもままならず草地に転がる……はずだった。

「ッ……？」

転んだ衝撃《しょうげき》はあったのに、どこも痛くない。不思議に思って閉じていた目を開けると、紺色《こんいろ》の布が視界に飛び込んできた。

見覚えのある、綺麗な色……レオンの服だ！

紺色の正体に気づいた琉夏は、ハッとして顔を上げる。

レオンが、ふらついた琉夏を両腕の中に抱《だ》き込み、転倒《てんとう》の衝撃から庇《かば》ってくれたのだと状《じょう》況《きょう》を察して慌《あわ》てた。

完全にレオンを下敷《したじ》きにしている。しかも斜面《しゃめん》を滑り落ちたらしく、跨《また》げそうな小さな川に肩《かた》から腰あたりが浸《つ》かっていた。

「レオン、ごめんっ」

焦《あせ》った琉夏は、乗り上がっていたレオンから慌てて飛び退《の》く。水の中に左手をついたレオンは、上半身を起こして琉夏を見上げた。

「っ……ルカ様、どこも痛めていませんか？　支えきれず、申し訳ございません」

「僕は大丈夫。レオンのほうが……」

レオンが庇ってくれたおかげで、琉夏はどこも痛くない。上着の袖口《そでぐち》が少し濡れただけだ。

でもレオンは、まともに琉夏の体重を受け止めた上に石がゴロゴロしている川に転がったのだから、無傷だとは思えない。

起き上がるのに手を貸そうと咄嗟《とっさ》に両手を差し出した琉夏に、レオンは軽く首を左右に振《ふ》って身体を逃《に》がした。

「ルカ様が濡れます。無様な姿をお見せして、失礼しました」

「無様って……なにがっ？　レオンは、僕を庇ってくれたのに。ごめん……ありがとう」

無様という言い回しに、ムッとして反論した。琉夏が巻き込んだのだ。

レオンは庇ってくれただけで悪いのは自分だ……と続けようとしたところで、謝罪とお礼を告げていないことに気づき、神妙《しんみょう》に口を開く。

レオンは、そっと首を左右に振った。

「ルカ様をお護《まも》りするのは、当然ですので……勿体《もったい》ないお言葉です」

ゆっくりと立ち上がったレオンが、ほんの一瞬《いっしゅん》顔を顰《しか》めたのを見逃《みのが》さなかった。そういえば、さっきから左腕しか動かしていない。

「右手……どうかした？」

「いえ、なにも」

レオンは無表情で即答《そくとう》したけれど、琉夏は「嘘《うそ》だ」と短く言い返す。視線を逃がしていることと自体、隠《かく》し事をしているという証拠《しょうこ》だ。

琉夏はレオンの右腕に手をかけて、問い詰《つ》める。

「痛めたんじゃないの？　なんでもないなら、右手を上げて振り回して見せて」

「……古傷です。今ここで、問題が生じたわけではありません」

動かすことはできないのか、レオンは苦い表情で渋々《しぶしぶ》答える。

きっと自身へ感じている不甲斐《ふがい》なさを、隠し切れていない。琉夏が見てわかるほど感情を顔に表したのは、初めてだった。

「とりあえず、こっち……」

レオンの右腕を軽く引き、斜面を上がって草地に戻《もど》る。気まずそうな顔のレオンを見上げると、湿《しめ》った前髪《まえがみ》の隙間《すきま》から覗《のぞ》く蒼《あお》い瞳《ひとみ》を覗き込んだ。

「肩や背中を打ちつけただろ。頭は打ってない？　足とか……他《ほか》に痛いところは？」

「御《ご》心配には及《およ》びません。頑丈《がんじょう》なのが取り柄《え》です」

「でも、……っせめて、濡れた服をなんとかしないと風邪《かぜ》をひく。脱《ぬ》いで、乾《かわ》かしたほうがいいと思うけど」

「いえ、ルカ様の御前《ごぜん》でそのような」

「脱いでっ」

思わず強い口調で返しながら睨《にら》み上げると、レオンは少しだけ怯《ひる》んだ顔をして口を噤《つぐ》んだ。

常に当たり障《さわ》りなく、を徹底《てってい》していた自分が誰《だれ》かにこのような態度を取るのは初めてで、琉夏自身も驚《おどろ》いた。

一つ深呼吸をして気を落ち着かせると、改めてレオンに向き直った。

「……右手が動かなくてボタンを外しづらいなら、僕がしようか」

「とんでもありません。左手は動きますし、右手も……この通り」

動かしづらそうな右手はまったく使えないわけではないのか、下の方のボタンは両手で外していく。真ん中あたりからは左手の指だけで器用に外し、その動きから慣れた動作だとわかった。

今、この場で右腕に問題が生じたわけではないというレオンの言葉は、本当なのだろう。普《ふ》段《だん》からそうして服を着脱《ちゃくだつ》しているのだと想像がつく。

上着を脱いだレオンは、軽く絞《しぼ》って背中部分に付着している土や草を払《はら》った。

背中を向けたり、露骨《ろこつ》に顔を背《そむ》けたりするのも変だろうと自分に言い訳をして、すぐ傍《そば》にいるレオンをチラチラと窺《うかが》う。上着に隠れていたのか、腰《こし》のところに短刀らしきものを帯刀しているのが見て取れた。

衣服越《ご》しにでも予想はついていたが、やはり見事な筋肉に包まれた頑健《がんけん》な肢体《したい》だった。成人しても、中学生のように線の細い琉夏とは正反対だ。

こうして見ていると、いつからか憶《おぼ》えていないほど昔からなんとなく描《えが》いていた理想像に、レオンがピッタリと当てはまることに気がついた。

ノーブルな雰囲気《ふんいき》の、凛《りん》とした空気を纏《まと》う端正な長身の男性。ぼんやりとした姿だったのが、寸分の狂《くる》いもなくレオン以外にあり得ないと思える。

そんなことに思い至った途端《とたん》、動悸《どうき》が一気に増した。

ドギマギと視線を泳がせた琉夏は、不意に視界に飛び込んできた右肩の傷跡《きずあと》に目を留める。

きっと、レオンが前線から退くことになった原因の傷だ。本人は治癒《ちゆ》していると言っていたが、傷としては治っていてもまだ生々しい。

「それ、まだ痛い？」

ぽつりと口にした声は、レオンの耳まで届いていないかもしれないくらい小さい。けれど、レオンは短く返してきた。

「いいえ」

「どうして……そんな傷を？　って、聞いていい？」

不躾《ぶしつけ》なことを尋《たず》ねていると自覚しているが、琉夏の意識は周囲とは肌《はだ》の色が異なる引き攣《つ》れた傷跡に集中している。

レオンはわずかに眉根《まゆね》を寄せたけれど、『ルカ様』の質問を拒否《きょひ》することはできないのか静かに答えた。

「国境付近で、援軍《えんぐん》に紛《まぎ》れていた間者に背後から刺《さ》されました。私の慢心《まんしん》が招いた結果ですので、恥《は》ずかしい限りです」

「そんな言い方をしたら駄目《だめ》だ。恥ずかしいことなんてない。だって、国を護ろうとしていたんだから……名誉《めいよ》の負傷だと思う」

　視線を絡《から》ませて言い返した琉夏に、レオンは少し驚いたように目を瞠《みは》った。すぐにいつものポーカーフェイスを取り戻したけれど、うつむき加減の横顔はなんとなく照れているようにも見える。

「ルカ様は……お身体《からだ》は弱くても、好奇心《こうきしん》が旺盛《おうせい》で観察眼の鋭《するど》い、快活な方だと聞き及んでおりました。実際にお逢《あ》いしたルカ様は控《ひか》え目で、想像と印象が異なると思っていたのですが、初対面の私を警戒《けいかい》なさっていたのでしょうか。お叱《しか》りになったり……私の発言を窘《たしな》められたり、今だと、確かに事前にお聞きしていたルカ様だと納得《なっとく》できます」

　唇《くちびる》に微《かす》かに滲《にじ》むのは、苦笑《くしょう》だろうか。

　逢ったことはないけれど、これまで抱《いだ》いていた『ルカ様』と印象が異なるという言葉に、ドキリとした。

　あまりしゃべらないようにしよう……接触《せっしょく》は最小限に止《とど》めておこうと、自ら決めていたことをすべて覆《くつがえ》していることに気づき、今更《いまさら》ながら口を閉じる。

　レオンが悪い。琉夏が聞き流せないことばかり言うから、つい反論してしまうのだ。

　そうしてレオンに責任を押しつけて、足元の草に視線を落とした。

「見苦しい姿を御前に晒《さら》して、申し訳ございません。できる限りルカ様の視界に入らないよう、背後に控えますので」

「気にしなくていい。でも、服はすぐには乾かないだろうし……寒そうだな」

体感温度的にも花の種類を見ても、ここの季節は初秋のはずだ。それも高地なので、肌を出すのに適した気温ではない。

視線をさ迷わせた琉夏は、敷物《しきもの》に置かれたバスケットに目を留めた。

「いいものがあった」

敷物に膝《ひざ》をついて手を伸《の》ばし、バスケットから端《はし》が覗いていた大判のストールらしきものを取り出す。

麻《あさ》だろうか。さらりとした肌触《はだざわ》りの布だ。

「これを肩《かた》にかけていたら、なにもないよりましだと思うけど」

「なりません。そちらは、ルカ様の膝掛《ひざか》けです」

レオンに差し出すと、硬《かた》い表情で首を横に振《ふ》る。

ルカのために用意してあるものを、自分が使うわけにはいかない……と固辞する気持ちは理解できるが、それでは琉夏の気が済まない。

「僕が使えって言ってるんだから、問題はないでしょう」

偽者《にせもの》のルカだけど……と心の中で続けて、広げたストールをレオンの肩にかけた。ついでに端をゆるく結び、滑《すべ》り落ちないようにする。

困惑《こんわく》の表情を浮《う》かべているレオンは、受け入れ難《がた》いが拒絶《きょぜつ》するのも失礼だろうし……という内心の葛藤《かっとう》が、頬《ほお》に書かれているみたいだった。

ずっと、完璧《かんぺき》なポーカーフェイスに隠されてわからないとばかり思っていたレオンの胸の内が、今は手に取るように伝わってくる。

「腕《うで》は動かしづらいけど、指は動くんだよね」

ボタンを外していたことを思い出して、レオンの右手の指先を軽く握《にぎ》る。ピクリと指を震《ふる》わせたレオンは、肘《ひじ》を曲げて手を上げ……直角の位置で動きを止めた。

「はい。傷が塞《ふさ》がるまで布を強めに巻いていたのですが、治癒したと思えば右腕がこれまで通りに動かなくなりまして。これ以上、腕が上がりません」

「神経は無事……腱《けん》が断裂《だんれつ》しているとかでもなく、ただの裂傷《れっしょう》なら……固定していたせいで筋肉が固まっているのかな」

腕が上がらない原因は、刃物《はもの》傷が直接の原因ではないのでは。子どもの頃《ころ》、アパートに住んでいたおばあさんが骨折した際、ギプスによる固定が外れた後にじっくりとリハビリをしていたことを思い出す。

もしかしてレオンの右腕も、リハビリで動くようになるのではないだろうか。

「ルカ様？」

「あ……思うように動かないって、不自由だよね」

リハビリを思いついたのはいいが、どんなふうに提案したらいいのだろう。

この時代にリハビリという施術《せじゅつ》が存在するかどうかわからないし、医学知識があるとは思えない『ルカ様』の言葉は、きっと説得力がない。

琉夏がどう言葉を続けようか迷っていると、レオンは淡々《たんたん》と返してきた。

「最前線で戦闘《せんとう》するには不都合ですが、ルカ様を護衛するのに支障はないはずです」

「そうじゃなくて、レオンが……」

「私のことでしたら、ルカ様がお気に病《や》まれる必要はございません。お気遣《きづか》いいただき、ありがとうございます」

ダメだ。取り付く島もないとは、このことだろう。

心配される筋合いはない……これ以上踏《ふ》み込むなと、目の前でシャッターを下ろされたような気分だった。

「昼を過ぎています。昼食にしましょう」

支障はないという言葉の証明をするように、右腕を伸ばしてバスケットを手にしたレオンは、塩《しお》漬《づ》けの肉やチーズを挟《はさ》んだパンと果物を取り出す。

広い背中は、琉夏が話しかけることを拒《こば》んでいる。

硬い空気を纏うレオンにもう何も言えなくなり、琉夏はしょんぼりと敷物の隅《すみ》に腰を下ろした。

□□□

コンコンとノックが響《ひび》き、鏡の前に立っていた琉夏はビクッと顔を上げる。

「失礼します、ルカ様。薬湯をお持ちしました」

「あ、……ありがとう」

「昼間、外出をしたせいでお疲《つか》れでしょうから、よく眠《ねむ》れるこちらの薬湯をお出しするようにと言付かっております」

レオンが手に持ったトレイには、馴染《なじ》みのある白磁のティーセットが並んでいる。

朝と夜、ルカの世話をしている通いの女性から託《たく》された薬湯をレオンが運んでくるのだが、琉夏は目の前で口にしたことが一度もない。

そろそろ、不自然に思われているだろうか……という懸念《けねん》を、今夜はレオンがそのまま口にした。

「苦い薬湯なので、ルカ様は好まれないとお聞きしております。ですが、お身体のためには飲んでいただくように……と」

トレイをいつもの丸テーブルに置いたレオンは、ティーポットからカップに薬湯を注《つ》ぎながら口を開く。

　そして、湯気の立つカップを琉夏に差し出してきた。

「ジュリアが言うには、こちらも王都の皇后様がルカ様のために、故郷の高名な薬師《くすし》から取り寄せられたそうです」

「う……うん」

　困った。目の前で口をつけなければ、納得してくれない雰囲気《ふんいき》だ。

　ジュリアやマリーといったルカの世話をしてくれている女性たちが、髪《かみ》や瞳《ひとみ》の色の変化を気にかけているのは承知している。

　そのうち、朝起きたら戻《もど》っているのでは……と誤魔化《ごまか》していても、『琉夏』である限り彼女たちの望む『ルカ様』の姿ではない。

　朝晩の薬湯にも、きっと期待が込められていて……レオンの視線を感じる。

「ルカ様」

「ん、ありがとう」

　促《うなが》されて、カップを受け取った。湯気は立っていても熱いほどの温度ではないらしく、カップから伝わってくる熱はさほど高くない。

　琉夏がきちんと薬湯を飲むのか、見届けるつもりだろうか。視線を向けなくても、レオンにジッと見られているのがわかる。

　この状況《じょうきょう》で、カップをテーブルに戻すことはできなかった。一気飲みは無理でも、口をつける素振《そぶ》りは見せなければならない。

覚悟《かくご》を決めた琉夏は、カップを持つ手を上げてそろりとぬるい薬湯を含《ふく》んだ。舌に広がったのは、渋味《しぶみ》と……苦味。

「ッ……やっぱり、苦手」

顔を顰《しか》めた琉夏は、薬を嫌《いや》がる子どものようにレオンの目に映ったのだろう。珍《めずら》しく苦笑《くしょう》して、ポットの脇《わき》にある小皿を指差す。

「砂糖菓子《がし》を用意してあります。ジュリアは、どうすればルカ様が薬湯を飲んでくださるのか苦心しているようで……」

「せっかく母上が取り寄せてくださったのだから、きちんと飲む、けど……一気に飲むのは無理だから、後で」

王都の皇后様ということは、ルカの母親だ。

皇子《おうじ》様が母親をどう呼んでいるのかわからないので、『母上』『母様』『母君』と迷ったけれど、レオンも知らないだろうと無難な呼称《こしょう》を選んだ。

「皇后様を……母上、と？」

それを復唱されて、少し焦《あせ》る。

間違《まちが》っていたか？　でもまさか、母親を「皇后様」などと他人行儀《たにんぎょうぎ》な呼び方をしている可能性は……なくもない？

言い直すこともできずに視線を泳がせていると、レオンがこちらに一歩踏み出した。琉夏を見ている端整《たんせい》な顔に表情はなく、なにを思って先ほどの発言をしたのか読み取ることができない。

宝石のような美しい蒼《あお》い瞳になにもかも見透《みす》かされてしまいそうで、心臓が嫌な具合に脈打つ。

込み上げる緊張《きんちょう》のせいで喉《のど》の渇《かわ》きを覚えた琉夏が、コクンと喉を鳴らしたのが合図になったかのように、レオンが口を開いた。

「疑問は抱《いだ》いていたのです。いくら効能が劇的とはいえ、薬湯を飲んだくらいで、瞳や髪の色まで変わるものか……と」

レオンの声は淡々としたもので、普段《ふだん》通りの冷静さを保っている。けれど、琉夏を見る眼差《まなざ》しは鋭《するど》い。

心臓が、ドクドク……激しく脈打っている。こちらを見据《みす》えるレオンの目が怖《こわ》いのに、視線を逸《そ》らすことができない。

「ルカ様であれば、皇后様を母と呼ばれるのには、少しばかり違和感《いわかん》があります。皇后陛下とお呼びするなら、まだしも……」

抑《おさ》えた声でレオンが口にした、ルカ様であれば……という言葉は、『琉夏』が『ルカ』とは別人だろうと遠回しに示唆《しさ》している。

最初から、疑われていた？　琉夏が、『ルカ様』ではないのでは……と。

どうしよう。なんとかして、誤魔化さなければならない。どうしたらいい？

焦燥感《しょうそうかん》が込み上げるばかりで、どうすればいいのかという答えは出ない。

必死に思考を巡《めぐ》らせた琉夏は、かろうじて逃《に》げ道を見つけた。

「っ……んで、レオンがそんなこと。呼び方なんか、どんなものでもいいんじゃ」

レオンはまだ、確信していない。琉夏も、認めていない。なにより、『琉夏』に対する違和感の根拠《こんきょ》が不明だ。

そう突《つ》きつけたつもりなのに、琉夏は墓穴を掘《ほ》ってしまったようだ。

迷いと疑いの入り混じった、怪訝《けげん》そうな顔をしていたレオンの表情が険しいものとなり、もう一歩琉夏との距離《きょり》を詰《つ》める。

「現皇后様が、ルカ様を出産なさった御母堂《ごぼどう》ではないことは存じ上げております。先の皇后様は、ルカ様をご出産直後にお亡《な》くなりになりました」

予想外の種明かしに、琉夏は絶句する。

その可能性を考えていなかった自分の浅慮《せんりょ》に、頭を殴《なぐ》りたくなった。

最初に、よく効く薬をルカのために用意したとか、わざわざ高名な薬師から薬湯を取り寄せたなどと聞いたものだから、静養中の病弱な息子《むすこ》を心配する実母であることを疑いもしていなかったのだ。

頭の中が真っ白だ。

レオンの疑いを晴らすことのできる切り返しを、思いつかない。

言葉もなく、顔色を失《な》くして立ち竦《すく》む琉夏の姿は、レオンの疑念を確信へと変えるのに十分なものだったらしい。

「ルカ様は……どこに？」

琉夏を見下ろす蒼い瞳は、剣呑《けんのん》な色を浮《う》かべていた。声を荒《あら》らげるのではなく、低く抑えたものであることが、かえって迫力《はくりょく》を増している。

なにも答えられない琉夏に、左手を伸《の》ばしてきた。身体《からだ》が強張《こわば》った琉夏は、その手から逃げることも払《はら》い除《の》けることもできない。

「答えろ。おまえがルカ様でないなら、本物のルカ様はどうした？　返答によっては、明日の朝日を見ることはできない」

静かに語りながら、大きな手が、じわりと琉夏の首を摑《つか》んだ。

レオンの長い指は細い琉夏の首をほぼ一周していて、このまま力を込めれば片手で息の根を止めることも可能だと語っている。

琉夏の首に押しつけられた手のひらは熱く、冷静な口調とは裏腹にレオンが激昂《げっこう》しているのだとわかる。

「何故《なぜ》黙《だま》っている。縊《くび》り殺されたいか？」

「っ……」

震える指先に、グ……と力が込められ、息苦しさを感じる前に唐突に解放された。かろうじて立っていた琉夏の脚《あし》から力が抜《ぬ》け、その場にへたり込む。

「……と言いたいところだが、ルカ様の居所を聞き出すのが先だ」

冷徹《れいてつ》な瞳で絨毯《じゅうたん》に座り込んだ琉夏を見下ろすレオンは、琉夏の目前で片膝《かたひざ》をついて顔を覗《のぞ》き込んできた。

「もう一度聞く。ルカ様を、どこへ？」

「し、知らな……」

ようやく声が出た。

かすれた声で答えながら、ぎこちなく首を横に振《ふ》ろうとした琉夏を、レオンは「知らないわけがないだろう」と厳しい声で遮《さえぎ》る。

「侍女《じじょ》たちも騙《だま》しとおせるのだから、この顔はルカ様と似通っているんだな？　どんな手を使った？　魔術《まじゅつ》だとでも言うつもりか？」

魔術……。

そうか、この時代の人たちは、祈禱《きとう》や魔術の力を否定しない。現代に比べると、遥《はる》かに柔軟《じゅうなん》に非科学的な物を受け入れている。

それなら、琉夏の浅知恵《あさぢえ》で誤魔化そうとするより本当のことを話したほうが、説得力があるのではなかろうか。

「か……鏡」

「鏡？」

怪訝そうに聞き返してきたレオンに、扉《とびら》の横にある大鏡を指差してみせる。

釣《つ》られたように、琉夏の指差す先に目を向けたレオンは、ギュッと眉根《まゆね》を寄せてこちらに視線を戻《もど》した。

「鏡が、どうした？　意味がわからん」

「たぶんルカが鏡に映って、手を引っ張られて……気がついたらここにいた。ルカは、入れ代わりに僕がいた世界にいるんだと思う」

「…………」

ぽつぽつと経緯《いきさつ》を語ったけれど、自分でも胡散臭《うさんくさ》いとしか思えない。信じてもらえるわけがない話で、レオンが眉間《みけん》の皺《しわ》を深くするのも当然だ。

でも、これが事実で……それ以外にないのだ。信じてもらえなくても、他《ほか》にルカがいる場所など見当もつかない。

開き直りに近い気分になり、レオンと目を合わせる。逃げだと思われたくないので、自分からは逸らさない。

そのまま、五秒……十秒、一分近く経《た》っただろうか。

心の内を探《さぐ》るかのように琉夏の目を見据えていたレオンは、もう一度大鏡に視線を移して……大きく息をついた。

「こちらのお屋敷《やしき》にある大鏡には、不思議な魔力が宿っていると……耳にしたことはあります。でもまさか、そんなことが……」

迷い迷いそう口にしたレオンの声からは、つい先ほどまで含《ふく》まれていた、空気がピリピリ張《は》り詰めるほどの険が抜けている。

信じて……くれた？

いや、まだ半信半疑といった雰囲気《ふんいき》だ。それでも、琉夏の言葉を否定しないでくれたことに、胸の奥がじわりとあたたかくなる。

「僕自身も未《いま》だに信じられないんだから、レオンが信じてくれなくても当然だけど……本当なんだ。宿星を同じくする魂《たましい》と、入れ代わることができるって聞いた」

「では、もう一度入れ代わる手段は？」

信じ切れない様子ながら尋《たず》ねてきたレオンに、琉夏はゆっくりと首を横に振った。

「なにか、条件が揃《そろ》ったら元に戻れるかもしれないけど、僕もわからない。戻れるなら、すぐにでも戻りたい。たぶん、ルカも同じことを思ってる……」

その手段を知りたいのは、琉夏のほうだ。

未知の世界に放《ほう》り出された『ルカ』も、きっと同じことを望んでいるはずだから、条件さえ揃えば再び入れ代わることができるはずだとレオンに告げる。

「皇子様《おうじ》のルカじゃなくて、ごめんなさい」

ルカに成りすまして騙していたことを謝罪すると、レオンからそれ以上の言葉が出てこなくなった。

左手を上げてぐしゃぐしゃと自分の髪《かみ》を掻《か》き乱したレオンは、先ほどよりも大きく息をついて立ち上がった。

「……混乱しています。朝まで時間をください。ルカ様の身に危険は？」

ふと、重要なことに思い至ったと硬《かた》い口調で尋ねられて、絨毯に座り込んだままの琉夏はレオンを見上げて言い返した。

「ない、と思う。器用じゃない僕が、ここでルカのふりをできているんだから……たぶんルカも、なんとかしている」

頼《たよ》りない、曖昧《あいまい》な答えだと自分でも呆《あき》れる。けれど、確証はないのだから「思う」とか「たぶん」としか言いようがない。

これ以上琉夏を問い詰めても無駄《むだ》だと察したのか、レオンは小さく肩《かた》を上下させて「そのように願います」とつぶやく。

部屋を出ようとしたのかルカの脇《わき》を通り抜け、扉に向かって数歩歩いたところでピタリと足を止めた。

「明朝までに、戻られていれば一番いいのですが」

「……僕もそう思う」

小さく同意した琉夏の声は今にも消え入りそうで、レオンの耳まで届いたかどうかわからなかった。

レオンはもうなにも言わず、静かに扉を開けて廊下《ろうか》に出る。

扉の開く音が聞こえ、閉じるまでに不自然な間があったのは、その脇にある大鏡を見ていたせいかもしれない。

「は……今更《いまさら》」

一人きりで部屋に取り残された琉夏は、今になって手が震えていることに気づいてグッと握《にぎ》り締《し》める。

喉元《のどもと》に……レオンの手のひらから伝わってきた熱が、滞《とどこお》っているみたいだ。レオンはもういないのに、見えない大きな手に紋《し》めつけられている……。

錯覚《さっかく》のはずの息苦しさから逃《のが》れたくて、深呼吸を繰《く》り返した。

「ふ……っ、はぁ……すごい迫力だった。さすが騎士《きし》」

これまでの、『ルカ様』への眼差《まなざ》しとはまるで違《ちが》う、戦士の顔を初めて見た。

敵ではないかと疑う琉夏を睨《にら》みつける鋭《するど》い瞳《ひとみ》は、それだけで心臓が竦《すく》み上がるくらいの威力《いりょく》があった。

「あんな言葉遣《ことばづか》いも、初めてだったな」

琉夏を『ルカ様』だと思っていたから、恭《うやうや》しく接していたのだ。別人となれば、丁重な対応の必要はないとばかりに態度を変えるのも当然か。

険を含んだ眼差しや言葉でも、粗暴《そぼう》さは感じなかった。レオンの身を包む凛《りん》とした空気は変わらなくて、騎士としての矜持《きょうじ》を感じる。

仕える存在ではないと知った琉夏には、きっともう、あんなふうに話しかけてくれない。わずかな苦笑《くしょう》さえ、見せてくれないだろう。

キリキリと胸の奥に痛みが走り、上着の胸元《むなもと》を握り締める。

「半信半疑って感じだったけど、鏡の話を信じてくれたとしても、レオンにとって僕は偽者《にせもの》で……無意味な存在だ」

ルカの偽者など、なんの価値もない木偶《でく》の坊《ぼう》というやつだ。ルカをどこにやったのだと詰《つ》め寄られた時の、蔑《さげす》むような瞳が忘れられない。

明朝までに、『ルカ様』が戻っていればいい。

そう願うレオンに同意したのは、レオンのため……ルカのため、そして琉夏がもうあんな瞳で見られたくないからだ。

自覚していた以上に、レオンを信頼《しんらい》して彼の存在を頼りにしていたのだと、こんな状況《じょうきょう》になって突《つ》きつけられる。

ふらりと立ち上がった琉夏は、大鏡の前に立って鏡面に手を伸《の》ばした。

「ルカ……どうしてる？　僕の代わりにあっちにいるなら、困ってるんじゃないのか？　レオンが、『ルカ様』に戻って来てほしい……って」

切々と話しかけても、ルカからの応《こた》えはない。

鏡に映るのは、分不相応な服装の、黒い髪に瞳の自分の姿で……目を閉じて視界を封《ふう》じると、コツンと額をつけた。

《六》

琉夏が『ルカ様』ではないことが、レオンに看破された翌朝。

毎朝、その日の世話係の女性と共に薬湯と朝食を運んでくるレオンが今朝も来るのか、ベッドに腰《こし》掛《か》けた琉夏は緊張《きんちょう》に身を硬くして扉《とびら》がノックされるのを待った。

コンコンコンとノックの音が響《ひび》いた瞬間《しゅんかん》、ビクッと肩を震《ふる》わせる。

どうやら『ルカ様』は朝が弱いようで、ノックでは目覚めないことが多いらしい。いつものように、琉夏の応答を待つことなく扉が開かれる。

「ルカ様、おはようございます！　ご気分はいかがですか？　今日も、とてもいいお天気ですよ。カーテンを開きますね」

「あ……大丈夫《だいじょうぶ》」

元気よく話しながら入ってきたのは、ジュリアだ。

両手に持っていた朝食の載《の》ったトレイをベッドのサイドテーブルに置くと、窓際《まどぎわ》に寄って分厚いカーテンを開いた。

途端《とたん》に眩《まぶ》い朝日が室内に差し込み、琉夏は目を細める。

「おはようございます、ルカ様。薬湯は、こちらに置きます」

ジュリアの後から入ってきたレオンは、机の上に薬湯のティーポットとカップが並んだトレイを置く。

その横顔はこれまでと変わらず、完璧《かんぺき》なポーカーフェイスだ。冷静沈着《ちんちゃく》な態度といい『ルカ様』という呼びかけといい、混乱していると零《こぼ》したレオンが一夜のあいだでどう消化したのか読み取ることはできない。

ジュリアがいるから、か？　ジュリアの様子を見る限り、彼女には『ルカ様』が偽者だと伝わっていないようだ。

レオンを前に、どう振《ふ》る舞《ま》えばいいのか……ベッドに腰掛けたまま動けずにいると、いつも朗らかなジュリアが珍《めずら》しく遠慮《えんりょ》がちに話しかけてきた。

「あの、ルカ様。お願いがありまして……。昼食と夕食の準備は整えておきますので、本日はお昼前にお暇《いとま》してもよろしいでしょうか」

「それは、もちろんジュリアの都合に合わせていいけど、体調でも悪い？」

部屋に入ってきた時はいつも通りの明朗さだと思ったが、ジュリアをよく見ると顔色が優《すぐ》れない。

表情を曇《くも》らせて立ち上がった琉夏に、彼女は「いいえっ」と首を左右に振りながら後退《あとずさ》りをした。

「私は、なんともありません。ただ、娘《むすめ》が少し昨夜《ゆうべ》から発熱していまして……ルカ様に感染するものだといけませんので、大変失礼ですがそれ以上近づかれないでください」

「娘さんが？　薬は？　なければ、ここにあるのを持って帰る？」

このお屋敷《やしき》には、『ルカ様』のための薬がたくさんあるはずだ。解熱《げねつ》作用のあるものも、常《つね》日頃《ひごろ》ルカの世話をしているジュリアならわかっているだろう。

そう思って提案した琉夏に、ジュリアは両手を振って恐縮《きょうしゅく》を全身で表す。

「ルカ様のためのお薬をいただくなど、とんでもありません。手持ちの薬湯を飲ませております。明日も熱が下がらなければ祈禱《きとう》をお願いするつもりですので、お気遣《きづか》いありがとうございます」

そうか。ジュリアにとって『ルカ様』は、王都から静養のため滞在《たいざい》している皇子《おうじ》という雲の上の存在だ。

琉夏からは距離《きょり》が近く見えても、自分の立場を弁《わきま》えているのだと伝わってくる。

ここで、琉夏がどうしてもと薬を押しつけるのは、彼女にとっては有難迷惑《ありがためいわく》というやつだろうか。

「そういうことなら、早く帰ってあげて。……具合がよくならないなら、ここの薬を使ってください」

それでも、いつも美味《おい》しい食事を用意してくれる彼女の娘が苦しんでいるのなら助けてあげたいと、言葉の最後に付け加える。

ジュリアは「ありがとうございます。では、失礼します」と頭を下げて、部屋を出て行った。

レオンと二人きりにされてしまい、緊張を感じるより先に低い声がぽつりと零《こぼ》す。

「一介《いっかい》の侍女《じじょ》に、ずいぶんと親身になられるんですね」

それが、先ほどのジュリアとのやり取りを指しての言葉だとは、聞き返す必要もなくわかった。

こっそり窺《うかが》ったレオンの横顔には表情がなく、なにを思っての一言なのか想像もつかない。

だから琉夏は、レオンが親身と表現した申し出の理由を、そのまま答えた。

「一介の、って……甲斐甲斐《かいがい》しく身の回りのことをしてくれるジュリアは、大事だよ。ここには薬があるんだから、役立ててほしいって思うのは当然だ」

「当然ですか?」

「うん。ルカが皇子だからって、貴重な薬を独り占《じ》めするのは変だと思う。そりゃ……ジュリアの家にある薬湯もすごい効き目かもしれないけど、やっぱり皇子のルカのところにあるもののほうが効きそう……っていうのは、僕の勝手な思い込みの偏見《へんけん》かな」

話しているうちに、皇子のルカが高価で効き目のある薬を使っていて、平民のジュリアの娘は効き目の乏《とぼ》しい安価な薬を使っているというのは、自分の歪《ゆが》んだ価値観による偏見かもしれないと気まずくなった。

なにより、ルカの静養に選ばれるくらいだ。この土地の空気は綺麗《きれい》だし、薬草なんかも豊富にあるはずで……。

「なんか、変だった？　ルカらしくない振る舞いだったかも？　んー……でも身体《からだ》の弱いルカなら子どもの苦しさも理解できるだろうし、同じことを言ったんじゃないかな……っていうのは勝手な想像だけど」

ルカが記したノートに目を通したから、思うことだ。

薬草の効果について、様々な走り書きがしてあった。

中には、ジュリアたちの前任者だったのか、高齢《こうれい》の女性が抱《かか》えていた膝《ひざ》の痛みに効くのでは、とか……お腹《なか》の弱い子どもには、薬湯を大人の倍に薄《うす》めたほうがよさそうだとか。ルカ自身の考察も含《ふく》まれていた。

それらからは、自分のためだけでなく周囲の人のためにも薬草の知識を得ようとする、ルカの献身《けんしん》的かつ地道な努力が見て取れたのだ。

「そう……でしょうか。私はルカ様を存じ上げないので、わかりかねます」

確かに、レオンにとっての『ルカ様』は、最初から偽者の琉夏なのだ。ジュリアたちの知るルカとは、相違《そうい》点もたくさんあるはず。

ルカの言葉として不自然に思われなかったか、今更《いまさら》ながら不安が込み上げてきた。

うつむいた琉夏の頭上から、レオンの声が落ちてくる。

「ですが、ジュリアたちから聞いた、私が着任するまでのルカ様も……心優《やさ》しい方のようでしたので、ルカ様が別人だとは疑っていないのではないかと思われます」

「だったら、ちょっと安心かな。『ルカ様』を大事にしている彼女たちを、悲しませたくはないから……」

レオンは、目の前にいる琉夏のことを「心優しい」と言ったようなものだと、自覚しているのだろうか。

心臓が大きく脈打ったと同時に、自分の思いつきを否定した。

いや、絶対にわかっていない。だから、昨夜はあれほど険しい目で見ていた琉夏を前にして、そんなふうに言えるのだ。

ただの言葉の流れであり、無意識の一言に違《ちが》いない。変に意識するなと自分に言い聞かせても、じわじわと顔が熱くなる。

「あ……」

「一晩、考えたのですが」

改まったレオンの声に、ビクリと顔を上げた。

不安を隠《かく》しきれない、情けない顔をしているだろう琉夏を、蒼《あお》い瞳《ひとみ》が真っ直《す》ぐに見下ろしている。

「未《いま》だ信じ難《がた》い部分はあります。ただ、ルカ様が不在であることを知られれば、なにかと問題が生じます。ルカ様が無事に戻《もど》られる日を信じて、それまではあなたにルカ様として振る舞っていただきたい」

それは、琉夏の言葉を完全に信じてはいないけれど『ルカ様』がいないことで騒動《そうどう》になるのを避《さ》けるため、琉夏にルカのふりをしてここにいろ……という意味か。

「僕は、もちろんありがたいです」

琉夏にしてみれば、今までと変わらない日々を送るだけだ。なにより、ここを追い出されないのなら願ったり叶《かな》ったりだった。

頼《たよ》れる人もいない、時代背景もよくわからない未知の場所に、孤立無援《こりつむえん》で放《ほう》り出されることを想像するだけで心細くて震《ふる》えそうになる。

今でも、『頼れる人』として思い浮《う》かぶのは、一人だけなのだが……。

ホッとして表情を緩《ゆる》めた琉夏に、レオンは淡々《たんたん》と言葉を続ける。

「ただし、あなたがルカ様でなければ私が仕える義務はない。ジュリアやマリーには不自然に感じられないよう努めますが、今後は臣下であると思わないでいただきたい」

琉夏がレオンを、無意識に『頼れる人』と位置付けていたことを見透《みす》かした上で突《つ》き放すような、冷たい響《ひび》きの声だった。

瞬時《しゅんじ》に緊張《きんちょう》を取り戻した琉夏は、ぎこちなくうなずく。

レオンに明確な一線を引かれた自分が、どれほど無様な顔をしているのかわからないので、うつむいたまま動けない。

「一刻も早くルカ様にお戻りいただくためにも、大鏡の魔力《まりょく》については、私のほうでも調べてみます」

「……お願いします」

ぽつりと、今にも消えそうな声で答えるので精いっぱいだった。

これで用は済んだとばかりに、レオンが踵《きびす》を返して部屋を出て行く。

身体を強張《こわば》らせてレオンの気配を追っていた琉夏は、扉《とびら》が閉まる音が合図になったかのように脱力《だつりょく》した。

傍《かたわ》らのベッドに身体を投げ出して、電池が切れたおもちゃのように動きを止める。

「たぶん、僕にとって一番ありがたいところに着地した……んだよね」

考えようによっては、レオンにはもう隠さなくてもいい……『ルカ様』ではないという秘密を共有できる相手を得られたのだから、幸いだった。

もっと、安堵《あんど》してもいいはずだ。

そう頭ではわかっているのに、目には見えない高い壁《かべ》を築いたレオンの言葉と声が重く伸《の》し掛《か》かる。

ぼんやりと天井《てんじょう》を眺《なが》めていた琉夏は、眩《まぶ》しい光の差し込む窓に目を向けた。

サイドテーブルに残された朝食のトレイと、窓際《まどぎわ》の机の上に置かれている薬湯のティーポットが視界に映る。

「ご飯……せっかくジュリアが用意してくれたんだから、食べないと。薬湯……は、もう不要だってレオンはわかってるよね」

ジュリアの手前、運んでこないわけにはいかなかったのかもしれないが、ルカではないのだから無駄《むだ》に薬湯を消費する必要はないと、今のレオンは理解していると思う。

もし、次も持ってきたら「いらない」と告げよう。女性たちには、少し時間をずらして飲むとか言い訳をして……。

冷たい目で琉夏を見下ろしていたレオンを、頭から追い出したい。思考に隙《すき》を作らないようにしたくて、これからを考える。

「とりあえず、毎晩鏡の前に立ってルカに呼びかけてみよう。ルカも、ここに戻りたいって思ってるかもしれない。髪《かみ》や瞳の色に関しては、女性たちも慣れたみたいだし……レオンの言う通り、ルカじゃないと疑っていないのかなぁ。あ、これからはレオンを呼び捨てじゃなく、レオンさんって呼んだほうがいいかも」

それなのに、琉夏の周りにあるのはレオンが関《かか》わることばかりで、結局「レオンの」とか「レオンを」と凛《りん》とした端正《たんせい》な姿を思い浮かべてしまう。

「ルカ様じゃない……って言ってたけど、僕の名前とかは聞いてくれなかったな」

つぶやいて、自嘲《じちょう》に唇《くちびる》を歪めた。

レオンにとって『ルカ様』でない琉夏は、名を知ろうという気にもならない、取るに足らない存在なのだと再認識《さいにんしき》させられる。

当然か。本物の『ルカ様』が戻って来るまで、ルカの代わりとしてここにいればそれでいいのだ。

馴《な》れ合う必要もなければ、名前を呼ぶ理由もない。

冷淡《れいたん》な態度は当然だとわかっているのに、どうしてだろう。

「……苦しい」

シャツのボタンを襟元《えりもと》まできっちり留めているせいだと、胸を締《し》めつける痛みの原因を衣服の問題にすり替《か》えて、上から三つ小さなボタンを外した。

深く息をついても息苦しさは変わらなくて、右腕《みぎうで》で目元を覆《おお》う。

腕の立つ、忠実で頼れる騎士《きし》。

だから、もう『ルカ様』ではない『琉夏』には、微苦笑《びくしょう》であっても表情を崩《くず》すことはないだろう。

真摯《しんし》な光を湛《たた》えた深い蒼の瞳を向けてくることもなく、きっと冷静沈着《ちんちゃく》な硬《かた》い横顔しか見せてくれない。

考えないようにしていたはずなのに、結局は頭の中がレオンのことばかりになる。

「レオン。……レオンハルト」

その名前を小さく口にすると胸の苦しさが加速して、心臓の部分の薄《うす》い布をギュッと握《にぎ》り締めた。

□□□

ノックに続いて扉を開けたのは、今日もジュリアではなくマリーだった。これで、三日連続だ。

「おはようございます、ルカ様。ジュリアは本日もお休みをいただいていまして……そろそろジュリアのスープが恋《こい》しい頃《ころ》かと思いますが、私の手製で申し訳ございません」

ここでの主食である黒くて硬いパンは水分が少ないからか、スープがセットだ。スープにはそれぞれ家庭の味があるらしく、具材は同じようなものでも作り手によって少しずつ味が異なる。

ルカもお気に入りだったらしく、ジュリアのスープはとても美味《おい》しいと思うけれど、マリーの台詞《せりふ》はうなずけるものではない。

「謝ることなんかない。マリーのスープも美味しくて好きだよ。……ジュリアの娘《むすめ》さんの具合は、まだよくならない？」

休みということは、病床《びょうしょう》の娘を看病するため付き添《そ》っているからだろう。そんなに悪いのかと、心配になる。

「祈禱師《きとうし》が言うには、そろそろ熱を追い出せる頃だと……。ただ、うちの隣《となり》の子どもも寝込《ねこ》んでいますので、秋から冬にかけて広がる流行《はや》り熱かもしれません。幼い子どもの命を奪《うば》うこともある、厄介《やっかい》な病です。ルカ様もお身体《からだ》を温かくして、お気をつけくださいませ」

「流行りの病か……うん」

子どもを中心に感染する流行性の病気なら、インフルエンザとかウイルス性のものかもしれない。

薬草や祈禱に頼るこの時代では、ウイルスへの対処より病気にかかった子どもの体力と回復力にかけるしかないのだろう。

せめて熱を下げられたら、体力の消耗《しょうもう》も抑《おさ》えられるはずだけれど……。

「お昼は、焼いたチーズを挟《はさ》んだパンにしましょうか。ミルクスープと、干しブドウのケーキもいかがです？」

考え込む琉夏が表情を曇《くも》らせているせいか、マリーは『ルカ様』が好んで口にするメニューを並べる。

それらは琉夏にとっても好物なので、意識して笑《え》みを浮《う》かべた。

「どれも好きなので、嬉《うれ》しいです。ただ、食べ切れるかな。ジュリアもマリーも料理上手だから、あまり動かず寝てばかりいるとズボンが入らなくなりそう」

「ルカ様は、私の半分ほどの御身《おんみ》しかないのですから、それでもよろしいです」

恰幅《かっぷく》のいいマリーは、「さすがに半分ってことは」と苦笑する琉夏に「それくらい細身ということです」とエプロンの上から自分の腹を叩《たた》いて見せる。

コミカルな仕草が可笑《おか》しくて、ふふっと笑った琉夏に得意そうに笑い返してきた。

「たくさん召《め》し上がってください」

ベッドサイドのテーブルに朝食の載《の》ったトレイを置いて出て行きかけて、「あ」と思い出したかのように足を止めた。

「後ほど、レオンがこちらの食器を下げに参ります。その際に、薬湯をお持ちしますとのことです」

「わかった」

琉夏がうなずくと、「ごゆっくりお召し上がりください」と言い残して部屋を出て行く。

後から持ってくる、という薬湯をレオンが運んでくることはない。これまでコッソリ窓から捨てていたとは言えないので、用意されなくなって幸いだった。

「マリーをガッカリさせないように……いただきます」

朝食を食べ残せば、マリーが気に病《や》む。

サイドテーブルのトレイに向かって両手を合わせた琉夏は、銀のスプーンを手にしてスープを掬《すく》った。

ルカは、あちらでどうしているだろう。食べ物は口に合うのか、慣れない環境《かんきょう》で体調を崩していないか……心配は尽《つ》きなくて、ぼんやりしているせいで取り落としそうになったスプーンをグッと握った。

「ルカのノートに、スケッチはあったんだから……近場に生えてるはずだよな」

パラパラと捲《めく》ったルカのノートに、見覚えのある草の絵を見つけたのだ。解熱鎮痛《げねつちんつう》効果があるはずなのに、絵の傍《そば》の走り書きには効能が記されていなかった。

ということは、ルカはあの草の効果を知らないのかもしれない。

琉夏も、ルカのスケッチだけでは確実に薬草だと言い切れないが、だからこそこの目で実物を見て確認したかった。

見て触《ふ》れて、葉の形等を確かめることができれば見極《みきわ》めることができると思う。幼少期に親しかったおばあさんの、漢方薬にも使われていたものなのだ。

そう考えて、昼食後に一人でお屋敷《やしき》を抜《ぬ》け出したのだが、広大な高原で当てもなく闇雲《やみくも》に探《たん》索《さく》するのは無謀《むぼう》だっただろうかと少し後悔《こうかい》している。

「ノートに、場所までは書かれていなかったんだよなぁ。もし書かれていたとしても、辿《たど》り着けたかどうかはわかんないけど」

草に覆われた緩《ゆる》やかな斜面《しゃめん》を登り、大きな岩を乗り越《こ》える。雪解け水の流れる小さな川を飛び越えて、湿《しっ》気《け》の多い日《ひ》陰《かげ》に生えていることが多いはず……と岩の隙間《すきま》を覗《のぞ》き込む。

足元に視線を落として夢中で山道を歩いていた琉夏は、視界が薄暗くなってきたことに気づいて顔を上げた。

「あれ？　日没《にちぼつ》までは、まだまだ時間があるはずなのに……」

見上げた空は、いつの間にか灰色の雲で覆われている。日没が近づいているのではなく、天気が崩れかけているのかもしれない。

身体が弱くて遠出のできないルカの目に付くくらいだから、近場にあると思い込んでいた。短時間でお屋敷に戻《もど》るつもりだったのもあり、雨具など用意していないし薄着だ。

ルカよりずっと丈夫《じょうぶ》とはいえ、雨に濡《ぬ》れて身体を冷やすのは避《さ》けたい。

うっかり風邪《かぜ》でもひいて、琉夏が……『ルカ様』が体調を悪化させれば、ジュリアやマリーを悲しませてしまう。

「今日は、帰ったほうがいいか……って、どっちから登ってきたっけ」

日を改めて出直すべきかと、ため息をついて振《ふ》り向いた琉夏の目に広々とした高原が映る。

道などない。いくつか岩を乗り越えたとは思うが、同じような大きさの岩があちこちに転がっていて、どれを通ってきたのかわからない。

「小さな川が……って、どこに？」

川と言うよりも、地面に浅く掘《ほ》られた溝《みぞ》のようになっていたので、ここからは草に埋《うず》もれて見つけられない。

目印になるような建物などもあるわけがなく、東西南北も、雲が太陽を覆《おお》い隠《かく》したせいで知りようがない。

認めたくないが、これは……。

「迷子……？」

ぽつりとつぶやき、「まさか」と笑い飛ばそうとして失敗した。笑みを浮かべることができず、頬《ほお》を引き攣《つ》らせて立ち尽くす。

そんな琉夏を嘲笑うかのように、強い風が吹《ふ》き抜けた。雲の流れが速くなり、本格的に天候が悪化する予兆だ。

「洞窟《どうくつ》なんかは、都合よくないよな。せめて、岩陰……窪《くぼ》みになっているところがあれば」

雨宿りのできそうな場所を探して、なだらかな斜面を下る。

いくつか大きな岩を覗き込み、二つ並んだ大岩のあいだに琉夏一人なら身を潜《ひそ》められそうな隙間を見つけた。

「ちょうどいい。ありがたい」

身を屈《かが》めて隙間に入り込み、じっとりとした地面に手をつく。ふと指の先に視線を向けた琉夏は、「あ！」と目を瞠《みは》った。

薄明《うすあ》かりの中、顔を近づけて細かく観察する。小さな白い花、少しギザギザとした葉の形……薬効のある草に間違《まちが》いないと思う。

「なんか……呼ばれたみたいだ」

探し回っていた草を、こんなところで見つけた。迷子になったのも天候不良も、結果的に幸いだったと思える。

希少なものも多いので、高原の草花には手を出してはいけない。観察して写真を撮《と》るだけに止《とど》め、特別な許可を得た場合以外は持ち帰り厳禁だ。

もちろん琉夏もそのルールを厳守しているけれど、この時代、この土地では、高原の植物は日常生活に密着した存在だ。薬湯の原料だけでなく食材となることも多く、身近な自然の恵《めぐ》みとして活用されている。

「ごめんなさい。少しだけ貰《もら》っていきます」

謝ることで罪悪感に蓋《ふた》をして両手を合わせると、根を切らないよう指先で土を掻《か》き分けて慎《しん》重《ちょう》に引き抜いた。

一株では足りない。五株……六株、もう一つだけ貰おう。

すぐ傍、岩の外では雨の音が聞こえる。風に乗って吹き込む飛沫《しぶき》は冷たいけれど、高揚《こうよう》した今の琉夏には些細《ささい》なことだった。

降り続く雨ではなさそうだし、雨雲が通り過ぎてから帰り道を探せばいい。斜面を下っていけば、ルカのお屋敷ではなくても民家に辿り着くことができるはずだ。

不思議なほど楽観的になるのは、薬草を見つけるという最大の目的を果たせたせいだろう。

ジュリアの娘《むすめ》だけでなく、レオンの傷にも効くかもしれない。琉夏がルカではないと知られて以来、最低限の接触《せっしょく》でほとんど会話もないが、炎症《えんしょう》を抑《おさ》える効果のある薬草を渡《わた》してリハビリの提案をすることくらいなら許されるだろう。

琉夏がルカの偽者《にせもの》だと知らないからだとしても、ジュリアは不安でいっぱいの琉夏にホッとする食事を与《あた》えてくれた。彼女の朗らかさに、救われたと思う。

レオンも、『ルカ様』だと思っているあいだは全身で護《まも》ってくれて、琉夏にとって最大の味方だった。

琉夏には、なんの力もない。でも、自分ができることで恩返しがしたい。

「……早く止《や》まないかなぁ」

岩の隙間で膝《ひざ》を抱《かか》えて、白く煙《けむ》る高原を眺《なが》める。足元から冷気が上ってきて、小さく肩《かた》を震《ふる》わせた。

ここで夜を明かすのは、避けたい。でも……もしお屋敷に帰り着けなくて、民家も見つけられなかったら……。

後ろ向きに考えないようにしていても、時間が経《た》つにつれ不安が込み上げてくる。

雨は徐々《じょじょ》に小降りになり、霧《きり》のような細かな粒子《りゅうし》となって空気中を漂《ただよ》う。

ジッとしているから思考が怖《こわ》い方向に行くのだ、と奥歯を嚙《か》み、薬草の束を摑《つか》んで岩の隙間から出た。

「いてて……ん――……ぅわっ！」

身を縮めていたせいで、関節が固まっている。両手を頭上に上げて背中を伸《の》ばすと、濡れた草のせいで足元が滑《すべ》って盛大に尻《しり》もちをついてしまった。

「鈍《どん》クサ……馬鹿《ばか》なこと、した」

濡れた草と湿《しめ》った土のおかげでダメージはさほどなかったけれど、ぐちゃぐちゃに汚《よご》れてしまった。

せっかくの薬草を手放さなかったのは、我ながら天晴《あっぱれ》……と右手に目を向けた直後、どこかから人の声が聞こえた。

パッと顔を上げた琉夏は、空耳か？　と固唾《かたず》を吞《の》んで耳を澄《す》ます。それほど間を置かず、今度はハッキリと聞き覚えのある声が耳に入った。

「……ルカ様！」

「レオン……？」

慌《あわ》てて立ち上がった琉夏は、声が聞こえてきた方向……大きな岩の向こうを確かめる。

小雨の中、左右に動く紺色《こんいろ》の服が視界に飛び込んできた。

「レオン！」

間違いない。あの長身は、どんな時でも頼《たよ》りになる騎士《きし》の姿だ。

ルカの声が聞こえたのか、一瞬《いっしゅん》動きを止めたレオンが進路をこちらに定めて近づいてきた。

「ルカ様っ？　そちらですか」

「レオン……」

心臓の高鳴りを感じながら、左手で濡れた岩を摑んで身を乗り出す。よじ登ろうとした足がまたしても滑り、転びかけたところで大きな手に力強く腕《うで》を摑まれた。

見上げたレオンは、短い髪《かみ》も服も、雫《しずく》が滴《したた》るほどびしょ濡れだ。

「は—……こんなところでなにをなさっているんです？　机の上に、開かれたままのノートが置かれていたのでまさかと思いましたが、勝手な行動は取らないでいただきたい。出かけたいのなら、私に声をかけてください」

険しい表情で叱責《しっせき》するのは、心配して捜《さが》し回ってくれていたからだ……と、わからないほど子どもではない。

安堵《あんど》のあまり泣きそうになっていた琉夏は、うつむいて小さく「ごめんなさい」としか返せなかった。

硬《かた》い声で一言だけ口にしたレオンは、右手で琉夏の左腕を摑んだまま歩き出した。

食い込む指の力は痛いくらいで、肩の高さまで上げられないだけで力が入らないわけではないのだと伝わってくる。神経は無事な証拠《しょうこ》だ。

摑まれた腕は痛いのに、泣きそうなほどホッとする。

レオンは声をかけてくることも振り返ることもないが、きっと琉夏を気遣《きづか》ってゆっくりと歩いてくれているのだとわかる。

部屋にいないことを不審《ふしん》に思い、無駄足《むだあし》になるかもしれないのに捜しに来てくれた。もう話しかけてもくれないかと覚悟《かくご》していたのに、真剣《しんけん》な眼差《まなざ》しで叱《しか》ってくれた。

厳しい言い方をしていても、やはりレオンは優《やさ》しい。

頼《たの》もしい広い背中が、じわりと滲《にじ》んで見えて……細かな雨の雫が目に入ったせいだと自分に言い訳をしながら、忙《せわ》しない瞬《まばた》きを繰《く》り返した。


「戻ります」

□□□

お屋敷《やしき》に戻《もど》ったレオンは、一番に浴室のバスタブに湯を張って「冷えた身体《からだ》を温めてください」と、入浴するよう琉夏を促《うなが》した。

温かな湯に浸《つ》かったことで、自覚していた以上に身体が冷えていたのだと気づいた。レオンが入浴の準備をしてくれなければ、更《さら》に身体を冷やして丈夫《じょうぶ》な琉夏でも体調を崩《くず》していたかもしれない。

温まった琉夏が寝間着《ねまき》を身に着けて部屋に戻ると、見計らっていたかのようなタイミングで扉《とびら》をノックされる。

「どうぞ」

琉夏が応答するとすぐさま扉が開き、大きめのカップが載《の》ったトレイを手にしたレオンが入ってくる。

髪はまだ湿気《しけ》ているが、濡《ぬ》れた服は着替《きが》えてあった。

「温めた山羊《やぎ》のミルクです。花の蜜《みつ》を加えて甘くしてありますので」

「……ありがとうございます」

湯気の立つカップを受け取り、恐《おそ》る恐る口をつける。慣れた牛乳より癖《くせ》のある味だけれど、仄《ほの》かな甘みが加えられていて素直《すなお》に美味《おい》しいと感じた。

身体が内側からも温かくなり、ホッとする。

琉夏がミルクを飲み干し、トレイにカップを戻したのが合図になったかのように、レオンが口を開いた。

「独りで、ふらりと……あんなところで、なにをなさっていたんですか」

ルカ様ではないのだから仕える義務はない、などと一線を引いていたのにまた丁寧《ていねい》な言葉遣《ことばづか》いに戻っている。

そういえば見つけてくれた時、他《ほか》に人はいないのに「ルカ様」と呼びかけられた。

琉夏が『ルカ様』とは別人だと知られてから、三日。ずっとよそよそしかったレオンが、無視せず話しかけてくれることが嬉《うれ》しくて、胸が苦しくなる。

答えを待っているレオンに、

「……あれを探しに」

窓際《まどぎわ》の机の上に置いてある、薬草の束を指差す。琉夏の指先を目で追ったレオンは、怪訝《けげん》そうな顔で「それは？」と聞き返してきた。

「解熱《げねつ》や鎮痛《ちんつう》の効果があるはずだから、ジュリアの娘さんに……と思って。ルカのノートに、描《か》かれていたんだ。ルカが効能を知っていたかどうかはわかんないけど、僕のいたところだと効果があるってわかってて」

勢い込んで話していた琉夏は、ふと重要なことに気がついて口を噤《つぐ》んだ。

琉夏が病に効くはずだと主張したところで、ここの人たちに信じてもらえるのだろうか。

『ルカ様』に薬草の知識があると思われていないのなら、ただの不審な草だと困惑《こんわく》させるだけかもしれない。

「ただ……そのことを証明できないから、信じてくれないかもしれないけど」

自己満足。善意の押しつけ。

そんな言葉が頭の中を駆《か》け巡《めぐ》り、足元に視線を落とした。

いつも、こうだ。

自分では良かれと思っての行動が、周囲の人には空回っているだけに見えたり余計なお世話だと鬱陶《うっとう》しがられたりする。松井のように「使えるから」と思ってもらえるのは、まだいいほうなのだ。

「ジュリアたちは地元の民《たみ》なので、付近に生えている病に効能のある薬草等は熟知していそうなものですが」

「っ……だよね。それも、チラッと考えたけど……なんか、ジッとしていられなくて」

うつむいたまま返した琉夏は、レオンの顔を見ることができない。低い声は、これまでと同じく落ち着いたものだけれど、勝手な行動を取って結局レオンに迷惑《めいわく》をかけたことに呆《あき》れているかもしれない。

もう言葉もなく身を縮める琉夏に、レオンがボソッと続けた。

「ただ、ルカ様のお心遣いは喜ばれると思います」

「え……？」

予想外の一言に驚《おどろ》いて、顔を上げる。数日振《ぶ》りにレオンと視線が合い、心臓がドクンと大きく脈打った。

綺麗《きれい》な蒼《あお》い瞳《ひとみ》は、真っ直《す》ぐに琉夏を見下ろしている。

その瞳に浮《う》かぶ色は、よそよそしかったこの数日間恐れていたような、蔑《さげす》むものでも呆れたものでもない。

「ルカ様、って……さっきも」

琉夏はもう、レオンにとって『ルカ様』ではないはずなのに。

ぽつぽつと告げた琉夏に、レオンはほんの少し眉根《まゆね》を寄せて、気まずそうに見える表情を滲ませた。

「名前を知らないものですから、つい。どう呼べば？」

琉夏のことを、知ろうとしてくれている。

ルカの身代わり、そこにいればいい人形のようなものだと無視するのではなく、名前を呼ぼうという気があるのかと、喜びがじわじわと広がり動悸《どうき》が増す。

落ち着け。みっともなく声が震《ふる》えませんように、と両手を握《にぎ》り締《し》めて小声でレオンに答えた。

「……琉夏。ルカと同じ名前なんだ」

「それは……困りました」

琉夏の言葉を耳にしたレオンは、端整《たんせい》な顔にハッキリとわかる困惑を浮かべる。これほど表情に出すのは珍しい。

ポーカーフェイスでやり過ごすのではなく、感情を見せてくれたことが嬉しくて心搏数《しんぱくすう》がさらに上がる。

「僕のことは、呼び捨ての琉夏でいいよ。あ、ジュリアやマリーがいるところでは、無理かもしれないけど。皇子《おうじ》のルカじゃないから、言葉遣いも丁寧じゃなくていい」

今、ここで畳《たた》みかけなければ、また距離《きょり》を置かれるかもしれない。

そんな焦燥感《しょうそうかん》に背中を押された琉夏が言葉を続けると、レオンは無言で眉間《みけん》の縦皺《たてじわ》を深くした。

困らせているのはわかっているのに、引き下がることができない。自分にこんな積極性があることを初めて知り、琉夏自身も戸惑《とまど》う。

「これ……一応、ジュリアに届けてほしい。捨ててもいいから、って伝えて」

窓際の机に歩み寄った琉夏は、草の束を握ってレオンに差し出した。

琉夏を見下ろすレオンの顔は、もういつもの完璧《かんぺき》なポーカーフェイスだ。なにを思っているのか、読み取ることはできない。

ダメだろうか、と差し出していた手を引っ込めようとしたところで、レオンの指が草の束を握り締めた。

「私が、責任を持って届けておきます」

「うん……お願いします」

レオンにうなずきかけて、薬草を摂取《せっしゅ》するにあたって肝心《かんじん》なことを、伝えてもらわなければならないと思い至った。

「あっ、葉を乾燥《かんそう》させて煎《せん》じても効果はあるけど、できれば根の部分をできるかぎり度数の高いお酒……蒸留酒かなにかに浸《ひた》して抽出《ちゅうしゅつ》したものを、少しずつ飲んだほうがよく効くはずだって伝えて」

ここに、蒸留酒というものがあるかどうかは、わからない。葡萄《ぶどう》酒らしきものを飲ませてもらったことはあるので、醸造酒《じょうぞうしゅ》は存在するはずだが、それではアルコール度数が低いので十分に抽出されない可能性もある。

それでも、可能な限り効果的に摂取してもらいたい……と懸命《けんめい》に告げる。

琉夏の言葉を真剣《しんけん》に聞いていたレオンは、「蒸留酒とは？」と聞き返してくることなく首を縦に振《ふ》った。

「わかりました。伝えます」

ホッとして、緊張《きんちょう》から解き放たれた琉夏は自然と頬《ほお》を緩《ゆる》める。

レオンは目を細めて顔を背《そむ》けると、空になったカップの載ったトレイを左手で取り上げる。

琉夏に背中を向けて出て行く直前、

「疲《つか》れたでしょうから、夕食までお休みになってください。……琉夏」

こちらを振り向くことなくそう言い残して、廊下《ろうか》に出る。驚いた琉夏が扉《とびら》に視線を向けた時には、既《すで》にピッタリと閉められていた。

「琉夏……って言った。ルカ、じゃなく」

微妙《びみょう》に発音の違《ちが》う「琉夏」は、レオンが『ルカ様』ではなく琉夏自身に呼びかけた名前だとわかる。

膝《ひざ》の力が抜《ぬ》け、ふらりとベッドに座り込んだ琉夏は、

「はは……これ、なんだろう」

激しく脈打つ心臓を服の上から押さえて、震えそうになる唇《くちびる》を噛《か》む。

顔が熱い。鏡を見なくても、真っ赤になっていると想像がつく。

拳《こぶし》を握って頬をごしごしと擦《こす》っても、顔面の熱はなかなか引いてくれなかった。

《七》

ジュリアが朝食を運んできたのは、レオンに薬草を託《たく》した三日後だった。

「おはようございます、ルカ様。長くお休みをいただいてしまい、申し訳ございません」

「そんなことは気にしなくていいけど、……娘《むすめ》さんはもう大丈夫《だいじょうぶ》？　ジュリアも、疲れていない？」

臥《ふ》せっていた娘も気になるが、ジュリアも心配だ。看病疲れはしていないだろうか。

表情を曇《くも》らせているはずの琉夏に、ジュリアは「ええ」と笑いかけてくる。

「ルカ様にいただいた薬草が、とってもよく効きました。私たちは、葉をすり潰《つぶ》して関節痛の貼《は》り薬として利用していたのですが、根の部分に熱を下げる効果があんなにあるなんて初めて知りました」

「……よかった」

期待した効き目があったという言葉に、安堵《あんど》する。迷子になってレオンに迷惑をかけてしまったけれど、その甲斐《かい》があったというものだ。

ベッドサイドのテーブルに朝食の並ぶトレイを置いたジュリアは、琉夏に向き直って改めて頭を下げた。

「ルカ様のおかげです。私の娘だけでなく、同じように流行《はや》り熱に苦しむ他《ほか》の子どもたちも、救ってくださいました」

「たまたま、知ってただけだから……もう頭を上げて」

琉夏が知っていたのは、先人による知識が溢《あふ》れる時代にいたからだ。なにより、ルカのスケッチがなければあの薬草を探そうと思わなかった。

深く感謝されると、カンニングをして高得点を取ったような……ルカとジュリア双方《そうほう》に申し訳ない気分になる。

「失礼します。ルカ様、薬湯をお持ちしました」

「あ、では私はこれで失礼致《いた》します」

馴染《なじ》みのあるティーポットとカップを運んできたレオンと入れ代わりに、ジュリアが部屋を出て行く。

ベッドサイドのテーブルに残されたトレイには、久しぶりのジュリアのスープが湯気を立てていて、改めて「娘さんが回復してよかった」と実感した。

「……ジュリアの前ですので薬湯と言いましたが、ただの茶です」

「うん。ありがとう」

「私のことはお気になさらず、お召《め》し上がりください」

促《うなが》されても、傍《そば》にいられると食べづらい。それでも食べないわけにはいかないので、のろのろとスープを口に運ぶ。

じゃがいもと塩漬《しおづ》けの豚肉《ぶたにく》とハーブを煮込《にこ》んだものを、塩だけで味付けしている。シンプルなスープだけれど、滋味《じみ》に満ちている。

なにを思っているのか、レオンは琉夏が朝食を終えるまで無言で窓際《まどぎわ》に佇《たたず》んでいた。

何度か喉《のど》に詰《つ》まらせそうになりながら、なんとかスープとパンを腹に収めて「ご馳走《ちそう》さまでした」と手を合わせる。レオンの視線を感じるが、気づかないふりをしてカップに注《つ》がれたお茶を飲んだ。

「薬草の効果があったそうで、なによりです」

「うん、ホッとした」

部屋に入ってきたタイミングからして、琉夏とジュリアのやり取りは耳に届いていなかったはずなので、事前に彼女から聞いていたのかもしれない。

効能に確証はないと頼《たよ》りない言い方をしていたので、レオンも効くかどうか疑念を抱《いだ》いていたに違いない。

もし効果がなかったとしても、逆に悪影響《あくえいきょう》を及《およ》ぼすこともないはずだと思っていたけれど、無事に熱を下げることができて心底ホッとした。

「これで……信じてくれる?」

「ルカ様と入れ代わり、ここではない世界から来たとか……すべてを完全に信じられるかと言われれば、まだ迷うところではあります。ただ、悪意がないということだけは信じます」

「うん、それでいいよ」

鏡の魔力《まりょく》で『ルカ様』と入れ代わったと、すぐに信じ切れないのは仕方がない。でも、悪意がないことを認めてもらえたなら十分だ。

薬草としての効能を証明することができたのなら、提案したいことがあった。

「あの薬草、レオンの肩《かた》の傷にも効くはずなんだ。僕だけだと生えていた場所にもう一回辿《たど》り着く自信はないけど、レオンなら場所がわかるよね」

「傷は治癒《ちゆ》していますが」

ピクリと眉《まゆ》を震《ふる》わせたレオンは、琉夏の言葉に怪訝《けげん》そうな調子で言い返しながら、左手で右肩あたりに触《ふ》れる。

琉夏は、「違う違う」と顔の前で手を振った。

「僕の言い方が悪かった。傷そのものっていうより、周辺の筋肉の炎症《えんしょう》を鎮《しず》められると思う。それ無理に動かそうとして、余計な力を入れちゃったり痛いのを庇《かば》おうとしたりしてない？　それだと、常に肘《ひじ》のあたりとかに負担がかかっているはずだから……薬草を煎じて飲むことで、痛みが少しはましになるはずだ」

解熱《げねつ》のみではなく消炎《しょうえん》効果もあるのだと、懸命に伝える。琉夏を無言で見下ろしていたレオンは、右肩を押さえていた左手を下ろしてわずかに眉を顰《ひそ》めた。

微妙な変化だったけれど、琉夏は見逃《みのが》さなかった。最初は全然読み取ることができなかったレオンの表情を、今だと半分くらいなら察せられる。

沈黙《ちんもく》が流れる。琉夏の言葉を信じていいものか否《いな》か、迷っているのかもしれない。

注意深くレオンを見詰《みつ》めていると、右手でゆるく拳を作るのが視界に映り、勢い込んで言葉を続けた。

「それに、少しずつリハビリをしていけば、怪我《けが》をする前と変わらないくらい……きちんと動くようになると思う。僕は専門に勉強しているわけじゃないけど、できる限り力を貸す。動かなかった腕《うで》が動くようになった人とか、歩けなかった人が自分の足で歩くことができるようになったのも見たことがあるんだ」

「どうして、私にそれほど一生懸命《いっしょうけんめい》になるんです？　左腕一本でも、護衛は可能だ。右腕が自由に動くようになったところで、琉夏には利などないはずなのに……」

レオンの右腕が自由に動くようになったところで、琉夏に利があるかどうか？

そんなふうに、考えたことなどなかった。

「利があるとか、ないとかじゃない。動きに制限があればどうしても不便だろうし、レオンのためになにかしたい」

「……私のために？　何故《なぜ》？」

琉夏の台詞《せりふ》が理解できないとばかりに、ますます怪訝そうな顔になる。

どんな表情でも、心の内を覗《のぞ》かせてくれることが嬉《うれ》しかった。

護《まも》るべきルカではないと知られて突《つ》き放され、見えない壁《かべ》を築かれていたあの頃《ころ》に比べれば、ずっといい。

レオンの「どうして」「何故」に答えようと、懸命に言葉を紡《つむ》いだ。

「訳もわからず知らない世界に放《ほう》り出されて、不安でいっぱいだった時に、レオンが傍にいてくれたおかげで安心できた。僕が、皇子《おうじ》のルカだと思っていたからだってことはわかっているけど、レオンに救われたんだ」

目の前に立っているレオンの眉間《みけん》の皺《しわ》は解かれなくて、納得《なっとく》できる回答ではなかったのかもしれない。

それでも、これが琉夏の思いのすべてだった。

琉夏が言葉を切ると、シン……と沈黙が満ちる。

余計なお世話だ、どう見ても頼りないおまえの手助けなど不要だと、背を向けて出て行くかもしれない。

息が苦しくなるほどの長い沈黙にそんな覚悟《かくご》を決めた頃、ようやくレオンが口を開いた。

「この右腕が、以前と同じように……というのは高望みだとしても、今より動くようになるのなら、当然ありがたい。……手助けしてくれますか？」

珍《めずら》しく歯切れがよくない台詞からは、レオンがまだ迷いを手放せていないのだと伝わってくる。

けれど、レオンに手助けを求められたことは、落ち込みかけていた気分が一瞬《いっしゅん》で高揚《こうよう》するほど嬉しかった。

「もちろん！　少しでもよくなるように、手伝わせてほしい」

天にも昇《のぼ》るような気持ちとは、このことだろうか。

嬉々《きき》としてうなずいた琉夏は、子どものように喜びを顔に出していたのだろう。

レオンを見上げて視線を絡《から》ませると、レオンは、ふ……と唇《くちびる》を綻《ほころ》ばせる。

「何故、琉夏がそれほど嬉しそうなんだ」

「う……嬉しい、よ。ちょっとでも、レオンのためになるなら」

浮《う》かれ具合を指摘《してき》された恥《は》ずかしさと、不意に目にしたレオンの微笑《びしょう》。どちらに、鼓動《こどう》が大暴れしているのだろう。

首から上にどんどんと熱が集まり、レオンと目を合わせていられなくなった琉夏は、ぎこちなく視線を逸《そ》らす。

あんな、優《やさ》しいと言っても差し障《さわ》りのないレオンの笑《え》みなど初めて見た。

それも、『ルカ様』ではない……『琉夏』だとわかった上での、確実に琉夏へと向けられた表情だ。

「顔が赤いようだが、体調に異変でも」

「なんでもないっ。大丈夫《だいじょうぶ》。平気だから」

気遣《きづか》ってくれたレオンの言葉を遮《さえぎ》り、ぶんぶんと頭を左右に振《ふ》る。

喉の渇《かわ》きを誤魔化《ごまか》そうと、ティーポットに残っていたお茶をカップに注いで一気に飲み干した。

やっぱり、変だ。

レオンのことを考えて沈《しず》み込んだり、珍しい表情を見せられて心躍《おど》ったり……些細《ささい》なことで一喜一憂《いっきいちゆう》するせいで感情が忙《せわ》しい。

こうして心が掻《か》き乱されるのは、レオンに関することばかりだ。

レオンは動揺《どうよう》する琉夏を不思議そうに見ていたけれど、不審者《ふしんしゃ》として警戒《けいかい》していた冷たい目でもなければ、『ルカ様』に向ける使命感を湛《たた》えた眼差《まなざ》しでもない。

これまでにない色を滲《にじ》ませた蒼《あお》い瞳《ひとみ》は、琉夏の動悸《どうき》をさらに激しくして、くすぐったいような苦しいような不可解な想《おも》いが胸に満ちる。

「それでは、後ほど改めて。琉夏、よろしく頼《たの》む」

「……うん」

使い終えた食器を重ねたレオンは、一つのトレイにティーポットやカップまで載《の》せる。空になったトレイを脇《わき》に挟《はさ》むと、あとは左手だけですべての食器を持って出て行った。

琉夏と呼びかけてくるレオンの声が、いつまでも耳の奥にこだましているみたいで……頬《ほお》の火照《ほて》りは、なかなか冷めなかった。

□□□

身体《からだ》を温めて筋肉を解《ほぐ》すことも兼《か》ねた入浴後に、レオンが部屋を訪ねてくる。

それが、毎夜の日課となった。

「ゆっくり、……無理をしちゃ駄目《だめ》だ。焦《あせ》る気持ちもわかるけど、無理をして筋を痛めたりしたら逆効果だよ」

レオンの右腕を支えて、ゆっくりと上下させる。

水平の位置から上げられないことに、もどかしそうな顔をするレオンの腕を摑《つか》み、気に障らないようそっと制止した。

「痛いと感じたところで、止《や》めたほうがいい。でも、ほら……昨日よりは動かしやすくなったと思わない？」

レオンのリハビリを始めて、今日で五日目になる。

初日は肘を曲げるのでやっとだったけれど、徐々《じょじょ》に可動域が広がってきたと思う。もう少しで、右手の指で右肩《みぎかた》に触れることもできそうだ。

「剣《けん》を操《あやつ》ることができる日は、まだ遠そうだが」

「……ちょっと休憩《きゅうけい》しよう。マッサージするから、そこに座って」

一日も早く、剣を自由に操っていた頃に戻《もど》りたい。

そんな願いが滲み出るレオンには、琉夏の「焦るな」という言葉がきちんと届いているのだろうか。

休憩だとレオンの腕を軽く叩《たた》き、椅子《いす》に腰掛《こしか》けるよう促《うなが》した。

レオンは、渋々《しぶしぶ》……という内心が隠《かく》せていない緩慢《かんまん》な動きで、琉夏が指差した椅子に腰を下ろす。

「無理するな、って言ってるのに……独りで動かしていたでしょう。痛い思いをするの、楽しい？」

椅子の背後に立った琉夏は、レオンの肩に触《ふ》れて、指に伝わってくる筋肉の張りに眉《まゆ》を顰《ひそ》める。

琉夏が「今日は終わり」と告げた後も、自室でリハビリになっていない運動を続けているに違《ちが》いない。

窘《たしな》める琉夏に、レオンはバツが悪そうな声で答えた。

「そういうわけではないが……琉夏には、お見通しなんだな」

「こうして触《さわ》らなくても、レオンのやりそうなことは想像がつくからね。自己鍛錬《たんれん》とか向上心の高さは習い性なんだろうけど、我慢《がまん》強《づよ》いのはいいことばかりじゃない。痛みは、身体が本能的に『止めてくれ』って言ってるようなものなんだから、きちんと聞いてあげないと」

慎重《しんちょう》に上腕《じょうわん》二頭筋の強張《こわば》りを解して、そっと撫《な》でる。レオンからは顔が見られないのをいいことに、感嘆《かんたん》も露《あら》わに太い首筋と厚みのある肩を見詰《みつ》めた。

人に見せて自己顕示欲《けんじよく》を満たすための、作られた肉体ではない。日々の訓練と実戦によって、必然的に鍛《きた》え上げられた身体だ。

もともと恵《めぐ》まれた体軀《たいく》を活《い》かして、更《さら》に戦士として磨《みが》き上げられた肢体《したい》は、同性として羨《うらや》むよりもただひたすら感服と尊崇《そんすう》しかない。

「今度は、左。右腕《みぎうで》ばかりに集中するんじゃなくて、左右のバランスも大事だから」

ふっと息をついて右肩に置いていた手を浮かせると、左肩の筋肉を揉《も》み解す。

どうしても『ルカ様』が頭に浮かぶのか、最初は抵抗《ていこう》感があるらしく逃《に》げがちだったレオンも、毎日繰《く》り返しているうちに拒《こば》まず身を預けてくれるようになった。

穏《おだ》やかと表現してもいい時間をレオンと共に過ごすのは、なんだか不思議な気分だ。

「琉夏のいた世界は、ここよりずっと進歩しているんだな」

「同じ時間軸《じく》かどうかは確証がないけど、たぶんここより数百年は未来だからね。人類の、向学心のおかげかなぁ。空を飛ぶ乗り物があったり、病気も……すべて完全に治せるわけじゃないけど、予防する薬があったり悪いところを切り離《はな》して悪くならないようにしたりもできる。病気の心臓を、健康な心臓と入れ代えることまでできるんだ」

「心臓を？　病に冒《おか》されたものから解放されて、健康な心臓を得たほうはいいかもしれないが、取り除かれたほうはどうなる」

真剣《しんけん》に琉夏の言葉を聞いていたが、心臓移植に関する話に驚《おどろ》いた様子で振り向いたレオンは、難しい顔でこちらを見上げている。

余程《よほど》興味を引かれたのか、真剣な眼差《まなざ》しで琉夏の答えを待っているレオンに、ぽつりぽつりと説明を試みた。

「それは……ええと、広義では死……なのかもしれないけど、その前提として脳死っていう状態になることが条件で、その時点で心臓は問題なく動いていても回復する可能性はないから……うーん……僕では説明するのが難しいな。もっと賢《かしこ》い人なら、わかりやすく伝えられるんだろうけど」

脳死という概念《がいねん》のない人に、心臓移植の説明をするのは容易ではない。琉夏は、豊富とは言えない知識を総動員させてなんとか伝えようとしたけれど、レオンは「理解できん」と険しい顔で考え込んでしまった。

「わかんないよね。心臓が止まれば死であり、他《ほか》に定義があるなんて複雑だもんな。医療《いりょう》の進歩はいいことだけど、いいばかりでもない。手段がなければ受け入れることもできるのに、可能だからこそ諦《あきら》めきれなくて、罪作りだな……って思うこともある」

曖昧《あいまい》な言い回しになったのは、ドナー頼《だよ》りの移植医療がもたらす矛盾《むじゅん》と葛藤《かっとう》を語って聞かせると、レオンをますます悩《なや》ませてしまうとわかっていたからだ。

琉夏の台詞《せりふ》は、どちらにしてもレオンを思考の渦《うず》に突《つ》き落としてしまったようだが。

「……ますますわからん。が、救うことが可能な命を救えるのなら、手段は一つでも多いほうがいい」

「うん。僕も、そう……思う」

悩んでいたレオンが導き出したシンプルな一言に、何度か瞬《まばた》きをした琉夏は、こくりとうなずいた。

レオンらしい、真っ直《す》ぐで揺《ゆ》らぎのない言葉だ。

「戦闘《せんとう》の方法も、進歩しているのか」

「ん……人と人が直接剣を交えることは、地域によってはあるけど少ないかな。戦争の進歩に、いいことはなにもない……よ」

レオンは単に疑問を投げかけただけだろうけれど、琉夏はうつむいて小声で返した。

戦う手段は、数百年のあいだに著しく進歩している。

でも、それは人類の罪を増やしただけではないかと、胸に渦巻くもやもやを上手《うま》く言葉にで

きない。

「国を護《まも》ることは、必要だ」

琉夏の声からなにかを感じ取ったのか、レオンが硬《かた》い口調で迷いなく言い切った。

この時代の騎士《きし》であれば、その考えは正しいのだろうと頭ではわかっている。

「そうかもしれないけど、怪我《けが》したり……死んじゃったりしたら、なんにもならない」

レオンの右肩に、そろりと手を乗せる。

たまたま動脈や神経を傷つけなかったから、切りつけられた傷そのものが癒《い》えれば治癒《ちゆ》したと言える状態になる。

でも、もし動脈を切られていたら？

腕が完全に動かない状況《じょうきょう》になっていたら、騎士であることを誇《ほこ》るレオンは生きることに絶望したかもしれない。

想像するだけで、ひんやりとしたものが胸の奥いっぱいに広がって、苦しくなる。

「護るべきものを護って死ねるのならば、本望《ほんもう》だ」

騎士としての矜持《きょうじ》を口にするレオンに、もう、なにも言えない。

レオンが仕える『ルカ様』ではなく、この世界の人間でさえない琉夏が、「自分のことも大事にしてほしい」などと言えるわけがない。

「明日は、薬草を採りに行こうかと思ってる。ルカのスケッチを見ていたら、ジュリアたちの気づいていないものが他にもありそうなんだ」

レオンに、ついて来てくれる？　と尋《たず》ねることができない。

勝手にしたらいいと、突き放されるのが怖《こわ》くて、喉元《のどもと》まで込み上げてきた言葉を呑《の》み込んでしまった。

「それなら、朝のうちから昼食を持っていこう。ジュリアに頼《たの》んでおく」

「レオンも、ついて来てくれる……んだ？」

明言しているわけではないけれど、レオンの口振《くちぶ》りからは、彼も同伴《どうはん》するという意味に取れる。

ドキドキしながら聞き返した琉夏に、レオンはあっさりとうなずいた。

「また迷われると、捜《さが》すのが面倒《めんどう》だからな。それに、ルカ様を単身で高原に送り出すわけにはいかない」

「そっか。そうだよね」

嬉《うれ》しい、と高揚《こうよう》しかけた心がスッと静まる。

迷子になった琉夏を捜すという面倒を、事前に防ぐため。なにより、ジュリアたちの手前『ルカ様』を独りにするわけにはいかないのは、当然だ。

当たり前のことに、ガッカリした気分になる自分がおかしい。

レオンといると、感情が目まぐるしく上下して落ち着かない。

「えっと、今日はこれで終わり。……この後、部屋でまた無理に動かしたりしないでよ」

「……ああ。琉夏は怒《おこ》ると怖いからな」

冗談《じょうだん》……だろうか。まさか、レオンが軽口を叩くとは思えないから、本気でそう思っているのか？

腰掛けていた椅子から立ち上がったレオンは、琉夏に向き直って「今日もありがとう」と口にすると、部屋を出て行った。

一人残された琉夏が、鼓動《こどう》を乱した心臓と熱い頬《ほお》を持て余しているなどと……想像もしていないに違《ちが》いない。

《八》

昼過ぎ、部屋の扉《とびら》を開けたレオンの声が聞こえてきたけれど、近づいてくる気配がない。

机に広げた図鑑《ずかん》を見ていた琉夏は、不思議に思って振《ふ》り向いた。

「レオン？　なんで、そこで止まってんの？」

入り口付近で立ち止まっているレオンに首を傾《かし》げて、手招きする。

ゆっくりと歩を進めて琉夏の脇《わき》に立ったレオンは、これまで見たことのない神妙《しんみょう》な顔をしていた。

「なにかあった？」

いつもと、纏《まと》う空気が違う。不安が込み上げてきて尋ねた琉夏に、不可解な表情のまま口を開いた。

「琉夏、皇后陛下とフィン様……ルカ様にとっては異母弟となる第三皇子《おうじ》が、こちらに見舞《みま》いに来られるそうです。鳩《はと》が伝書を運んできた」

「えっ、伝書鳩……じゃなくて、それならルカが逢《あ》わないのは不自然だよね」


「失礼します」

一瞬《いっしゅん》、伝書鳩のほうに目を瞬かせたけれど、それどころではない重大なことに気づいた。

皇后様と異母弟が、お見舞いに来る。相手が相手だ。『ルカ』が、顔を合わせないわけにはいかないだろう。

でも、今の自分はルカではない。ジュリアやマリーは、髪《かみ》や瞳《ひとみ》の色が変化したのは薬のせいだという苦し紛《まぎ》れの言い訳に納得《なっとく》してくれたが、その二人も同じように誤魔化《ごまか》すことができるのだろうか。

「無視はできないよね。寝込《ねこ》んでいる……って言っても、通用しない？」

「顔を見るだけでも、と言われてしまったら断れない」

寝込んでいるふりをしていても、部屋に通さないわけにはいかないというレオンの言葉に、それはそうかと唇《くちびる》を嚙《か》む。

「体調が優《すぐ》れなくて深く眠《ねむ》られているということにするので、琉夏はベッドの中で寝ているふりをしていればいい」

違和感《いわかん》に気づくか否《いな》かは、ルカと義母や異母弟が、どの程度親しくしていたかにもよるかもしれない。

なんにしても、ボロを出さないようにするためには、多くしゃべらないほうがいい。

「うん……それなら、会話をしなくていいか」

レオンの提案にうなずいて、意識がないふりをすることに決めた。

面倒を押しつけて申し訳ないが、二人の対応はレオンに任せてしまおう。

「二人は、いつ来るって？」

「本日の昼過ぎには、到着《とうちゃく》するかと」

「え、じゃあ……もうすぐってこと？」

訪問を伝える伝書鳩と二人の到着がほぼ同時ならば、予告の意味がないのでは。

余裕《よゆう》のなさに驚《おどろ》いて焦《あせ》る琉夏とは対照的に、レオンは、

「鳩が先に着いただけでも幸いだった」

と受け止めている。

そうか。電話やメールといった通信手段がないのだから、予定を伝える手紙より先に本人が現れるということもあるのか。

「ルカ様の体調が芳《かんば》しくないということは、王都にも伝わっている。臥《ふ》せっていても不自然ではないはずだ」

「そっか。だから、見舞いに来るんだよね。狸寝入《たぬきねい》りは得意じゃないんだけど……頑張《がんば》ろう」

「たぬき？」

不思議そうに聞き返してきたレオンに、「寝たふりってこと！」と答えて机の上で開いていた図鑑を閉じる。

髪の色は、どうにもならない。でも、目を瞑《つむ》っていれば瞳の色の変化は隠《かく》せるだろう。

気合いを入れてベッドに潜《もぐ》り込んだ琉夏は、その脇に立つレオンを見上げる。

「レオン、頼んだ」

頼《たよ》り切って悪いけれど、皇后と異母弟の訪問を無難にやり過ごすには、レオンの協力を仰《あお》ぐしかない。

情けなく縋《すが》る目をしているだろう琉夏に、レオンは大きくうなずいた。「任せろ」とか「心配しなくていい」という、琉夏を安心させる言葉はなかったけれど、視線を絡《から》ませた真っ直《す》ぐな蒼《あお》い瞳は心強かった。

□□□

扉の開く音に続いて、複数の人の気配とレオンの声が聞こえてきた。

「こちらです。最近のルカ様は一日の大半をお眠りになっているので、目を覚まされないかもしれませんが……」

「構わなくてよ。あらぁ、さっきレオンが言っていた通り、髪の色が黒くなったのは本当なのね」

「一時的なもので、いずれ元《もど》に戻られるであろうと薬師《くすし》は申していたそうです」

「まぁまぁ。少しでも良くなればと思って取り寄せた特別な薬湯で、こんなふうに……可哀想《かわいそう》なルカ」

女性の声と衣擦《きぬず》れの音が近づいて来て、顔を覗《のぞ》き込まれている……？

目を閉じているので視界は利《き》かないが、だからこそ聴覚《ちょうかく》が敏感《びんかん》になっているのかもしれない。

大袈裟《おおげさ》に『ルカ』を憐《あわ》れむ台詞《せりふ》は、どうにも芝居《しばい》がかって聞こえる。

「今日も、ルカ兄様のために別の薬を持ってきたんだよね。母上は、本当に慈悲《じひ》深い聖母のような方です」

今度は、レオンがフィンと呼んでいた異母弟の声か。露骨《ろこつ》に母親を持ち上げて機嫌《きげん》を取ろうとする言葉は、なんだか滑稽《こっけい》だ。

ルカの義母、そして異母弟……第三皇子のフィンとは、どんな少年なのだろう。

琉夏の中でムクムクと湧《わ》き上がった好奇心《こうきしん》が、こっそり薄目《うすめ》を開かせる。

最初に映ったのは、派手なドレスに金色の巻き髪……中世ヨーロッパを描《えが》いた絵画から抜《ぬ》け出してきたような、イメージ通りの皇后様だ。

視界の端《はし》に映る異母弟らしき姿は、母親である皇后とよく似た癖《くせ》のある金髪《きんぱつ》の……ルカと、さほど年が変わらないだろう少年だった。

「本日はお泊《と》まりになりますか？」

「王都へ帰るわ。こんなところでは、ゆっくり眠れそうにないもの。馬車を急がせれば、夜までに城へ帰り着くかしら」

「御者《ぎょしゃ》に休みを与《あた》えなければよろしいのでは？　僕も、ルカ兄様と違って、こんな硬そうな寝《しん》台《だい》では眠れそうにないなぁ」

「そうね。すぐに出発しましょう。レオン、こちらをルカに飲ませて。新しい薬草よ」

「……御意《ぎょい》」

扉に向かいながら話しているのか、三人のやり取りが遠ざかっていく。パタンと扉の閉まる音が聞こえて、こっそり戸口を窺《うかが》った。

誰《だれ》もいない。なんとか、やり過ごせた……か？

「はー……なかなか、癖の強そうな皇后様と異母弟だったなぁ」

大きく息をついて、緊張《きんちょう》のあまり強張《こわば》っていた肩《かた》の力を抜いた。ベッドに上半身を起こして、一番上のシャツのボタンを外す。

ルカのために、新しい薬草を持ってきたと言っていた。ここまで見舞いに来ることといい、血の繋《つな》がらない母子でも仲は良好なのだろうか。

でも……なんとなく引っかかりを覚えるのは、声色《こわいろ》に心配を装っていたような違和感があったせいだろうか。

違和感。もっとハッキリ言えば、

「ちょっと、嘘《うそ》くさい……とか疑うのは、性格が悪いんだろうな」

ポツリと零《こぼ》した独り言に、思わず苦笑《くしょう》する。

高貴な人たちの社会では、義理のあいだで謀《はかりごと》が横行していると疑うのは、映画とか小説の影響《えいきょう》を受けすぎだろうか。

「本当にルカを気遣《きづか》う聖母のような人なら、申し訳ない。僕が捻《ひね》くれ者ってことだ」

自嘲《じちょう》しても、胸の中に渦巻《うずま》く気味悪さが消えない。レオンに渡《わた》した、新しい薬草という存在も気になる。

「残していってないな。持ち出しているのか」

机の上を覗いても、薬草らしきものはなかった。レオンが持ったまま、帰路に就《つ》く二人を見送りに出たのだろう。

どうしようか迷ったけれど、そろりとベッドから足を下ろして扉《とびら》に近づいた。音を立てないようにドアノブを回して、わずかな隙間《すきま》から廊下《ろうか》を窺う。

人の気配はない。話し声も聞こえない。

思い切って扉を開け、顔を出して左右を確認《かくにん》した。早々に帰るようだったので、玄関《げんかん》か……もう庭に出ているのかもしれない。

限界まで気配を殺した琉夏は、そろそろと廊下を歩いて階段を下りる。玄関へ続く角を曲がると、レオンの背中が見えた。

「……のようね」

ぼそぼそと声は聞こえてくるが、開け放された玄関扉の陰《かげ》になっていて、皇后とフィンの姿は確認できない。

これ以上近づくと、レオンには感づかれるだろう。接近を諦《あきら》めた琉夏は、壁《かべ》に背中を押しつけて身を潜《ひそ》め、瞼《まぶた》を閉じて耳に神経を集中させる。

「馬車はまだ出せないのかしら。すぐに出られるようにして、って言っておいたのに。……ルカはかなり弱っているようだけど、なかなかねぇ」

「母上、療養《りょうよう》を経てルカが元気になる可能性はないんですか？」

取り繕うことを止めたのか、以前から母親との間ではそうしていたのか、フィンはルカを呼び捨てている。

「急《せ》いては事をし損じるという言葉もあるし、不自然な形で命を落とせば怪《あや》しまれるでしょう。せっかく時間をかけたんだもの。焦らず、待つの……と言いたいところだけど、年を取って弱気になった皇帝《こうてい》が、ルカを王都に呼び寄せようとしているのが不愉快《ふゆかい》ね」

「ハインリヒ兄様も、ルカを傍《そば》に置きたがっているし……なんで、みんなルカばっかり。この前なんか侍従《じじゅう》たちが、賢《かしこ》くて明るくて心優しいルカ様がいないと太陽が消えたみたいだなんて話してたんだよ。僕が通りかかったことに気づいたら、そそくさと顔を背《そむ》けてさぁ」

「安心なさい。皇帝はそう長くないわ。皇太子には御子《みこ》もいないし、ルカさえいなくなれば確実にフィンに皇帝の座が回ってくるのよ。目障《めざわ》りなルカさえ、いなくなればね」

決定的な言葉は避《さ》けているものの、なにを示唆《しさ》しているのかは明白で……琉夏は眉《まゆ》を顰《ひそ》めて拳《こぶし》を握《にぎ》り締《し》めた。

心臓が、ドクドクと早鐘《はやがね》を打っている。声や空気から伝わってきた嫌《いや》な予感は、外れていなかったらしい。

なによりレオンがすぐ傍にいるにもかかわらず、ずいぶんと無防備に物騒《ぶっそう》な会話を交《か》わしている。

何故《なぜ》だ……という琉夏の疑問は、直後に解けた。

「レオン、ルカに皇帝から令が下されたら、王都への移動途中《とちゅう》で夜盗《やとう》にでも襲《おそ》われたふうを装って、確実にルカを葬《ほうむ》りなさい」

レオンの名を口にした皇后は、当然のように『ルカ』を葬るよう命じる。動悸《どうき》が更《さら》に激しさを増し、琉夏は息を詰《つ》めてレオンの答えを待った。

握った手のひらに、冷たい汗《あせ》が滲《にじ》む。

「…………」

レオンは、無言だ。返事をすることなくどんな顔をしているのか、確かめられないのがもどかしい。

皇后は、苛立《いらだ》ちを含《ふく》んだ声で返答を促《うなが》した。

「返事は？　成功すれば褒賞《ほうしょう》をたんまり与えた上に、使い物にならなくても騎士《きし》団に戻してあげると言っているのよ。流行《はや》り病で郷里の父親や兄弟が働けなくて、困窮《こんきゅう》しているはずよね。家族のため、どんなことでもすると決意したのでしょう？」

「私ができることならば……そう、心に決めました」

ようやく答えたレオンの声は、硬《かた》く……表情を見られなくても、琉夏には彼の葛藤《かっとう》が伝わってくる。

皇后に、完全に追従しているわけではないようだ。それだけで、絶望のあまり真っ暗になりかけた琉夏の胸に一筋の光が差す。

皇后やフィンの前では、完璧《かんぺき》なポーカーフェイスを繕《つくろ》っているのだろう。レオンの返しを不自然に感じた様子もなく、皇后は「ふふっ」と笑う。

「ならば、迷いを捨てることね。フィンが皇太子に就けば、直属の護衛に取り上げて……悪いようにはしないから。とりあえず、先ほどの薬草を与えておいて。足りなくなれば、待機中に庭に植えさせてあるものを使えばいいわ。放《ほう》っておいても、勝手に育つはずよ。行くわよ、フィン」

「うん。こんな退屈《たいくつ》でなにもないところに、長くいられないよ。城に戻ったら、奇術師《きじゅつし》を呼んでいーい？」

「奇術師でも楽団でも、フィンの好きにしなさい。馬車の準備はできたの？　これ以上、待たせないで」

玄関先から聞こえていた皇后の声が、少し遠くなる。庭に出たようだ。

見送るレオンが「お気をつけて」と声をかけると間もなく、馬車の車輪が土を踏《ふ》む音が聞こえてきた。

細く息をついた琉夏は、壁にもたせ掛《か》けていた背中を離《はな》すと、そろそろと階段を上がる。

音を立てないよう自室に戻《もど》って扉を閉めると、頭からすっぽりとベッドに潜《もぐ》り込んで身体《からだ》を丸めた。

「やっぱり、白雪姫《ひめ》とかおとぎ話の時代から義母は怖《こわ》いんだなって偏見は、申し訳ないけど。すっごくベタな展開……」

独り言を零して、「はは……」と笑ってみる。乾《かわ》いた笑いは遠くから聞こえてくるみたいで、現実感が乏《とぼ》しかった。

震《ふる》える息を吐《は》いて、盗《ぬす》み聞きした会話を思い起こす。

レオンは、『ルカ』の味方ではなかった？

いつから？　最初から……そのつもりで、ここに来たのか？

どこか冷めた目と態度で『ルカ様』と接していたのは、負傷によって騎士の任を解かれた挙げ句、過疎地《かそち》で療養中の皇子《おうじ》の護衛という閑職《かんしょく》に左遷《させん》させられたせいではなかった？

「盗み聞きした、罰《ばち》が当たったのかな」

信用して、頼《たよ》り切っていた相手が、暗殺を企《たくら》んでいた人たちの一味だったのだと……知らなければよかった。

もし密《ひそ》かにレオンの手で葬り去られたとしても、知らなければ彼を信じたままでいられたのに。

「新しい薬草……っていうのも、怪しいとしか思えないし」

確か、庭に植えたと言っていた。陽《ひ》が落ちる前に、確認しておいたほうがよさそうだ。

琉夏にもわかる植物だったらいい。ルカのノートに描《か》かれていない薬草だとしたら、注意喚《かん》起《き》のため記しておかなければ。

「それが、ルカに伝わるかどうかはわかんないけど」

ルカの役に立つには……ここで『琉夏』がレオンの手にかかることなく、『ルカ』と再び入れ代わらなければならない。

毎晩大鏡の前に立っても、変化はない。琉夏と『ルカ』がそれぞれいるべき場所に戻ることができる日は、来るのだろうか。

頭の中ではグルグルと思考を巡《めぐ》らせているつもりなのに、閉じた瞼の裏に浮《う》かぶのはレオンの姿ばかりだった。

「望んで、ルカに危害を加えようとしているわけじゃない」

レオンにも、深い事情があるようだった。きっと、私利私欲《しりしよく》のために皇后の謀に加担してルカを葬ろうとしているわけではない。

でも、レオンには『ルカ』の……『琉夏』の味方でいてほしかった。

凛《りん》とした横顔を思い浮かべると、鼻の奥がツンと痛くなって震える唇《くちびる》を嚙《か》む。涙《なみだ》が滲みそうになるのが悔しくて、ギュッと目を閉じた。

直後、扉《とびら》をノックする音が耳に飛び込んでくる。

レオンだ、と心臓が大きく脈打った。

返事がないことを不思議に思ったのか、静かに扉が開かれて「琉夏？」と名前を呼ぶ声が聞こえてきた。

レオンが、近づいてくる。

肩《かた》を震わせた琉夏は、肌掛《はだか》けに潜り込んで小さく身体を丸めたまま息を殺して様子を窺《うかが》う。

耳の奥で響《ひび》く動悸が、うるさい。

「琉夏。皇后様とフィン様はお帰りになったけど……眠《ねむ》っているのか？」

すぐ傍で名前を呼ばれても動かずにいると、眠っていると受け取ってくれたようだ。訝《いぶか》し気な調子だった声が和らぐ。

「皇后様をうまくやり過ごせるか緊張《きんちょう》していたのに、いい度胸だ。それとも、緊張から解放されて一気に力が抜《ぬ》けたか」

クスリと笑い、肌掛け越《ご》しにポンと琉夏の背中を軽く叩《たた》いてレオンの気配が遠くなる。固唾《かたず》を呑《の》んで動向を追っていると、入って来た時と同じく静かに扉が開閉した。

シン……と静かになり、部屋を出て行ったのかと身体の強張《こわば》りを解いた。

レオンの手に軽く叩かれた背中が、じんわりと熱を帯びている。そこに、神経が集中しているみたいだ。

いつか命を奪《うば》うつもりなら、どうして……優《やさ》しいと勘違《かんちが》いするような態度で琉夏に接するのだろう。

「なんで……レオン」

絶望感は、琉夏のものなのか『ルカ』に同調したものなのか、複雑に交錯《こうさく》して胸の中で鋭《するど》い刺《とげ》を纏《まと》った黒い塊《かたまり》となり……息苦しくて、痛かった。

□□□

なかなか寝付《ねつ》けなくて、何度目か数え切れなくなった寝返りを打った。目を開くと、明かり取りのため半分カーテンを開けてある窓の外に、光り輝《かがや》く月が見える。

「今日……明日、どっちが満月かな」

真ん丸には少し足りない気がするけれど、肉眼で見る限りほぼ満月だ。

そういえば、大鏡に引き込まれて『ルカ』と入れ代わった夜も、満月だった。あれからもう、一ヵ月近くが経《た》つのか。

「もう一ヵ月か……まだ一ヵ月、か」

ここで過ごした約一ヵ月は、あっという間に過ぎた気もするし、ものすごく長かったような気もする。

眠れない理由は、わかっている。

眠ろうと目を閉じるたびに、レオンの顔が浮かぶのだ。

皇后やフィンが帰ってからも、琉夏と接するレオンの態度に不審《ふしん》なところはない。

あの会話が、皇后を疑う自分が作り出した妄想《もうそう》だったのではないかと、確かに耳にした内容に迷いが生じるくらい、レオンは変わらない。

レオンが、腰《こし》に携《たずさ》えていた短刀を思い浮かべた。もし、レオンに剣《けん》を向けられたら……自分は、どうするだろう。

レオンは……。

「っ、まただ。レオンのこと、ばかり」

考えないようにしているのに、ほんの少しでも気を抜けば、やはりレオンのことを考えてしまう。

ここに来て約一ヵ月、琉夏の傍《そば》には常にレオンがいたのだから、仕方がないのかもしれない。

口数が少なくても『ルカ』を気遣《きづか》い、琉夏がルカではないと知ってからも頭ごなしに否定するのではなく、『大鏡』の魔力《まりょく》が原因で入れ代わったのだという非現実的な事情を信じようとしてくれた。

あれらの言動すべてが嘘《うそ》だったと、思いたくない。

寝返りを打って窓に背中を向けた琉夏は、微《かす》かな物音が聞こえてきた気がしてピクリと瞼《まぶた》を震わせる。

廊下《ろうか》……いや、この部屋の扉を開けようとしている音だ。重い扉を支える古い蝶番《ちょうつがい》は、慎《しん》重《ちょう》に開閉しようとしても軋《きし》んだ音を立てる。

通常であれば寝静まっているだろう深夜の寝室《しんしつ》に、足音と気配を殺して忍《しの》んでくる理由。そんな行動に出るのは、誰《だれ》か。

導き出される答えは一つしかなくて、琉夏はトクトクと鼓動《こどう》を速める心臓を寝間着越しに押さえた。

近づいてくる足音は、絨毯《じゅうたん》に吸収されて聞こえない。どう頑張《がんば》っても消せないらしい衣擦《きぬず》れの音だけが、侵入者《しんにゅうしゃ》の存在を知らせる。

ベッドで身体を硬《かた》くしたまま、動くことができない。空気がピンと張りつめ、緊張のあまり頭痛に襲《おそ》われる。

「………」

ベッドのすぐ傍から、覗《のぞ》き込まれている？

そこに立つのは、間違いなく、レオン……のはずだ。確信していたことに、自信がなくなってきた。

変化のないまま、一分……二分。五分は経っていないと思うけれど、恐《おそ》ろしく長く感じる時間が過ぎた。

極限状態の緊張感に晒《さら》され続け、とうとう限界に達した琉夏は、固く閉じていた瞼《まぶた》をそろりと開いた。

「レオ……ン」

窓から差し込む月光は、ベッドサイドに佇《たたず》む長身を明瞭《めいりょう》に映し出す。

確かにレオンであることに、何故《なぜ》かホッとした。

不審人物の正体が見知らぬ人間ではなくレオンだったことに、絶望感より安堵《あんど》感《かん》が勝《まさ》るとは我ながら不思議だ。

「琉夏、目が覚めて……」

琉夏に呼びかけられたレオンは、想定外だったのか珍《めずら》しく口籠《くちご》る。わずかでもレオンを動揺《どうよう》させることができたかと、自然と唇に微笑《びしょう》が滲《にじ》んだ。

ベッドに上半身を起こした琉夏は、レオンを見上げて口を開く。

「最初から、起きてた。眠れなかったんだ。……僕を殺しに来た？」

まるで明日の天気を尋《たず》ねるかのように、気負いのない、静かな声で問いただす自分が妙《みょう》な感じだった。

開き直りに近い、凪《な》いだ心情でレオンが返す言葉を待つ。

「なにを、言い出すかと思えば」

平静を装っている声だ。月明かりにぼんやりと照らされた表情も、露骨《ろこつ》に動揺を示すものではない。

でも、琉夏はレオンの返答に微妙《びみょう》な間があったことに気づいた。

きっと琉夏でなければ、違和感《いわかん》を覚えない。この一ヵ月弱、レオンの傍にいたから微かな変化も察せられる。

「誤魔化《ごまか》さなくていい。皇后との話を聞いてたから、知ってる」

それが、玄関先《げんかんさき》で交《か》わされていた会話だということは、改めて言葉にして突《つ》きつけなくてもわかるはずだ。

レオンは初めて、あからさまに声を揺《ゆ》るがせた。

「違……う。そうじゃない」

「そうじゃない？　皇后に渡《わた》された薬草、僕……ルカに飲ませるんだよね？」

「…………」

庭の隅《すみ》に植えられていた、これまではそこになかった植物を思い浮《う》かべながら問いかける。

毒性がある植物か否《いな》か、専門家以外が見分けるのは容易ではない。食用の山菜と毒草を誤食するという事故は、年に数回あることだ。

けれど、あれは……琉夏にもハッキリと「口にしてはいけない」部類だとわかる。高山植物を学び始めると、初期に特徴《とくちょう》等を教え込まれる基本のものだ。

「あの、特徴的な形をした紫《むらさき》の綺麗《きれい》な花は、よく知っている。キンポウゲ科トリカブト属。……毒草だ。花も花粉も、葉も茎《くき》も根も……全体に毒を有している」

一般的《いっぱん》にトリカブトと呼ばれている植物は、種類が多い。日本だけでも三十種類ほどが自生していると言われている。高地の沢筋《さわすじ》などに群生していることがよくあり、葉が似ている食用のニリンソウと間違えて採取して誤食する事故が数年に一度は起きている。見分け方を習った後も、花の咲《さ》いていない若い株をパッと見ただけで区別できる自信はない。

生える場所等で毒性の強さは異なると言われているが、触《ふ》れることさえ危険な猛毒《もうどく》の植物であることに違いはない。ここでも、毒草のはずだ。

琉夏の言葉に、レオンは眉を顰《ひそ》めて「ですが」と言い返してきた。

「皇后様は、薬草だと……」

「確かに塊根《かいこん》は漢方薬……薬にもなるけど、特殊《とくしゅ》な弱毒処理が必要で、皇后にそんな知識があるとは思えない。なにより、あの人がルカのためにわざわざ薬草を持参すると思う？　早く弱ればいいのに、って平然と言い放つ人だ。これまでルカに飲ませていた薬湯も、実際のところなにが入っていたのかわかったものじゃない」

琉夏が冷静に語るせいか、レオンは誤魔化しや言い逃《のが》れを諦《あきら》めたらしい。大きく息をつき、床《ゆか》に右膝《みぎひざ》をつく。

「確かに私は、皇后様よりルカ様の監視《かんし》を言いつけられて、こちらに参りました」

「監視だけじゃなくて、機会があれば殺そうとしたんだよね。今も……夜中に忍んでくる理由は、なに？ ルカの代わりに僕を殺して、ルカが死んだことにするつもりだった？ それなら、本物は無事だもんな」

黙《だま》り込んでいるレオンを相手に一人でしゃべっているうちに、自分でもなにを言っているのかわからなくなってきた。

レオンが『ルカ』の代わりに『琉夏』を手にかけようとしている、と思いついた時はきっとそうだと確信したのに、言葉にしたら問題点に気がついた。

「あ、でも僕が死んじゃったらルカは戻《もど》れないかもしれない。入れ代わるのは、片方が死体でもいいのかなぁ」

大鏡を介《かい》しての入れ代わりは、片方が生きていなくても可能なのだろうか。

思いつくまま、止めどなく言葉にする。なにかしゃべっていないと、みっともなく泣き出しそうだった。

レオンがなにも言わないから、嫌《いや》な想像ばかり膨《ふく》らんでいく。

もう、言い訳も聞かせてくれない。

無言で項垂《うなだ》れるレオンを前にすると、琉夏の推測がすべて当たっているかのようで、胸に湧《わ》いた不安が際限なく増幅《ぞうふく》する。

「っ……レオン」

一通り吐《は》き出した琉夏は、もうなにも言うべきことがなくなって……ぽつりとレオンの名を口にした。

片膝をついたレオンは、動かない。聞こえていないわけがない呼びかけに、返事もしない。

もう一度、少し強く「レオンハルト」と呼んだ琉夏に、ようやく顔を上げた。

「他《ほか》に誰もいない。僕は『ルカ』じゃないんだから、跪《ひざまず》く必要はないし敬っているふりをしなくてもいい。立って……近くに来て」

右腕《みぎうで》を伸《の》ばして、「ここへ」と呼び寄せる。

表情はハッキリと見えないけれど、すぐに動かないレオンからは逡巡《しゅんじゅん》している気配が伝わってきた。

急《せ》かすことなく待つ琉夏に、根負けしたのかもしれない。大きく息をついたレオンが、ゆっくりと歩み寄ってくる。

手が触れる位置まで近づくと、月明かりでも表情を見て取れるようになった。

てくる。

「右手を……」

促《うなが》した琉夏の意図が読めないのか、困惑《こんわく》の色を浮かべながらも、おずおずと右手を差し出してくる。

その大きな手を摑《つか》み、レオンを見上げた。

「握《にぎ》り返して。……遠慮《えんりょ》しなくていい」

グッと握った琉夏に呼応して、無言で強く握り返してくる。琉夏よりずっと力強いけれど、まだ手加減していることが伝わってきた。

「握力《あくりょく》は、ほぼ戻った？　もう、剣《けん》を使えるくらい動くよね」

「……琉夏のおかげで」

やっと、レオンの声を聞くことができた。こんな状況《じょうきょう》なのに嬉《うれ》しくて、自然と笑《え》みを浮かべる。

頰《ほお》を緩《ゆる》めた琉夏は、レオンの手を握ったまま自分の喉元《のどもと》に押し当てた。

「殺していいよ」

「ッ……なにを言い出す」

琉夏が静かに告げた一言に、レオンは目を見開いて手を引く。

熱い物に触れたような反応がなんだかおかしくて、琉夏は小さく笑いながらレオンの着ている上着の袖《そで》を摑んだ。

硬直《こうちょく》して琉夏を見下ろすレオンは、どうして突拍子《とっぴょうし》もないことを言い出したのだと、驚愕《きょうがく》しているらしい。

琉夏にとっては、唐突《とうとつ》な思い付きではない。心が乱れて自暴自棄《じぼうじき》になっているわけでもないと、可能な限り冷静な口調で続ける。

「ルカが生きていたら……皇后の命に背《そむ》いたら、レオンが困るんだよね。僕は、元の世界にも生きることにも、それほど未練はないし……レオンとルカのためになるのなら」

「駄目《だめ》だ」

硬《かた》い声で、短く遮《さえぎ》られた。

そろりと見上げたレオンは、どこか痛みを堪《こら》えているかのような、苦悶《くもん》の表情で琉夏を見据《みす》えている。

レオンが背中を屈《かが》めると、蒼《あお》い瞳《ひとみ》が近づいてきて……長い腕の中に抱《だ》き込まれた。

「できない。……琉夏をこの手にかけるなど、できるわけがない」

頭の脇《わき》で、低い声が苦しそうに零《こぼ》す。

常に冷静沈着《ちんちゃく》で泰然自若《たいぜんじじゃく》、なにが起きても動じそうにないレオンの、こんな声を聞くのは初めてだ。

琉夏は、強く抱き込まれた腕の中で身動《みじろ》ぎ一つできずに、レオンの声に耳を傾《かたむ》けた。

「騎士《きし》としての復帰は絶望的だろうと皆《みな》に言われ、これまでのように動かすこともできず、腹立たしいばかりだったこの腕をいっそ切り落とそうかと思っていた時に……琉夏に救われた。

病床《びょうしょう》に臥《ふ》せた見も知らぬ子のために、一生懸命《いっしょうけんめい》になり……自身も不安なはずなのに、ここにいないルカ様を思いやる。琉夏の傍《そば》にいると、これまで誰《だれ》にも感じたことのない穏《おだ》やかな気分になれる」

密着した胸元《むなもと》から、激しい心臓の鼓《こ》動《どう》が伝わってくる。レオンのものなのか……琉夏自身の動悸《どうき》が反響《はんきょう》しているのか、わからない。

背中を強く抱くレオンの腕の中は心地《ここち》よくて、触れられたところから全身に熱が広がっていくみたいだ。

「じゃあ、ど……して、夜中に来たんだ？」

深夜に寝室《しんしつ》に忍《しの》び込むなど、琉夏でなくても警戒《けいかい》する不審《ふしん》な行動だ。目的が暗殺でなければなんだろう。

納得《なっとく》できる理由を求めて、レオンに問いかける。

もう誤魔化《ごまか》そうという気はないのか、間を置くことのないレオンの返答は、まったく予期しないものだった。

「琉夏を、元居たところへ戻すために。大鏡の魔力《まりょく》を知るという呪術師《じゅじゅつし》へ宛《あ》てた信書に、返事があった。古くから城に仕える、敏腕《びんわん》の呪術師だ。幼少の頃《ころ》、ルカ様にも大鏡の魔力と異界へ渡《わた》る術《すべ》を語ったことがあるらしい」

大鏡の魔力を知る、呪術師？

しかも、ルカにもそのことを話して聞かせたことがある……。

なによりレオンは、『琉夏を、元居たところへ戻す』と言ったか？

一言零したきり絶句する琉夏を腕に抱いたまま、レオンは一旦《いったん》切っていた話の続きを語った。

「呪術師自身も、試《ため》してみたが……なにも起こらなかったそうだ。琉夏とルカ様の場合は、すべての条件が奇跡《きせき》的に重なった結果だろう。同じ条件を満たせば琉夏はルカ様と入れ代わり、元の世界へ戻ることができる」

あまりにも突然《とつぜん》のことで、すんなりと頭に浸透《しんとう》しない。

声に出すことなくレオンの台詞《せりふ》を繰《く》り返し、ようやくその意味を理解することができた。

「戻れる？」

呆然《ぼうぜん》とつぶやいた琉夏に、レオンは力強く「ああ」と答えた。琉夏を抱く腕にグッと力を込め、固い決意を感じさせる声で語る。

「必ず、琉夏の世界に戻す。私が今回し損じたと報告しても、あの方は諦めないだろう。別の刺客《しかく》を送り込まれるだけだ。ここにいれば、命の危険に晒《さら》され続ける。琉夏を……死なせるわけにはいかない」

レオンの腕が、ほんのわずかに震《ふる》えていた。

「……え？」

真剣《しんけん》な声で告げる言葉に嘘《うそ》はないのだと、信じることができる。

「でも、そうしたら僕と入れ代わったルカが危ないんじゃ？」

琉夏が危険ならば、当然ルカの身も危険に晒される。

これまでのあいだも、知らないうちに毒を摂取《せっしゅ》させられて……そのせいで、身体《からだ》が弱かったのではないだろうか。

琉夏の訴《うった》えに、レオンはほんの少し迷いを含《ふく》んだ声で返してきた。

「それは、琉夏が案ずることではない。ルカ様は、もとよりこちらの住人だ。すべては、運命であり……神の思《おぼ》し召《め》しだろう」

つまり、皇位争いの結果暗殺されたとしても、ルカの運命だと？

だったら仕方ないね。……などと、納得できない。

「ルカは、民衆への思いやりのある皇子《おうじ》だ。ノートに描《か》かれていた薬草も、自分のためだけじゃなく高価な薬湯を買えない民《たみ》に、身近に生えている薬草の効能を知ってもらうためだった。あの人たちの話を聞いていても、臣下に慕《した》われているようだし……身勝手な異母弟より、ルカが国のトップに立ったほうがいい」

琉夏も、ルカのことを直接知っているわけではない。でも、ルカのことを知る人たちの話やノートの走り書きからは、人格者であることが容易に想像できる。

必死に、ルカが将来の皇帝《こうてい》に就《つ》いたほうがいいとレオンに主張する。

琉夏にしてみれば、ルカの暗殺をどうにか防ぐようレオンを説得したつもりだった。なのに、レオンの反応は琉夏の意図したものと微妙《びみょう》に食い違《ちが》っていた。

「では、そのためにもルカ様にお戻《もど》りになっていただかなければならない。……琉夏と入れ代わりに」

「そ……うかも、だけど」

もう、なにも言い返せない。どうすればいいのか、わからない。

でも、ルカがここに戻るには、琉夏と入れ代わりになる必要がある。

でも、この世界ではルカは確実に命を狙《ねら》われることになって……逃《に》げ隠《かく》れし続けたのでは、皇位を継《つ》ぐことができない。

琉夏ではどうにもならないジレンマに、頭を抱《かか》えたくなる。

「琉夏が、ルカ様のため……この世界で犠牲《ぎせい》になることはない。皇位継承《けいしょう》争いなど、本来なら関《かか》わることのなかった事象だ」

「でも、もう関わったんだから、このまま知らん顔で元の世界に戻るのは心苦しい」

「琉夏が気に病《や》むことはない。この手にかけるつもりも、ルカ様を見殺しにするつもりもないので、心配せず戻ればいい」

皇后と親し気に話していたレオンを、信じていいのだろうか。

レオンにも事情がありそうだったのに、皇后に背くことができるのか？

言い返せなくなった琉夏が戻る気になったと思ったのか、レオンが呪術師から得たという『その術』を語り出す。

「琉夏とルカ様が入れ代わるための条件の一つが、満月だ。今夜の月が条件に当てはまっているように見えたから、ここに来た」

「普通《ふつう》に、言ってくれたらよかったのに……忍び込むような真似《まね》をするから、殺しに来たのかと疑ったんだ」

軽く拳《こぶし》を握《にぎ》り、レオンの背中にぶつける。

顔を合わせて、普通に話してくれればよかったのだ。レオンが真剣に説明してくれたら、琉夏は信じた。

誤解させる行動を咎《とが》めた琉夏に、レオンは「それ……は」と口籠《くちごも》る。

急《せ》かすことなく続きを待っていると、迷いを含んだ声で不審な行動の理由を語った。

「忍び込む形になったのは、……琉夏が元居たところへ戻る前に、知られることなく一度だけ唇《くちびる》に触《ふ》れたいという……私の愚《おろ》かな欲《よく》のせいだ。怖《こわ》がらせて悪かった」

……なんだろう。なんだか、レオンが放ったとは思えない、とんでもない言葉が聞こえた気がする。

幻聴《げんちょう》？　違う言葉を、恐《おそ》ろしく都合よく変換《へんかん》してしまったのだろうか。

琉夏自身が、そんな願望を抱《かか》えているから……。

惑乱《わくらん》した琉夏は、なんとか思考を整理しようと身動ぎする。

「レオン、ちょっと……苦しい」

「っ、すまない」

息苦しさを訴えると、慌《あわ》てたようにレオンの腕《うで》の力が抜《ぬ》けて解放された。離《はな》れようとしたレオンの手を咄嗟《とっさ》に掴《つか》み、端整《たんせい》な顔を見上げる。

視線が絡《から》んだ直後、気まずそうに目を逸《そ》らしたレオンの態度に、先ほどの言葉は幻聴ではないと理解した。

レオンが、琉夏に触れたいと……そう望んでいた？

トクンと大きく脈打った心臓が、ドクドクと鼓動を速くする。

まだ舞《ま》い上がるな、と自分に言い聞かせて一番に確かめたいことの説明を求めた。

「……いろいろ話したい、聞きたいことがあるけど、まずは呪術師から聞いた鏡の魔力……ルカと入れ代わる方法を教えて」

「わかった」

うなずいたレオンは、真摯《しんし》な瞳《ひとみ》で琉夏を見下ろす。

握り返してきた手の熱さに、先ほどの言葉は嘘ではないのだと……更《さら》に動悸が激しくなった。

《九》

ベッドの端《はし》に腰《こし》掛けた琉夏は、窓際《まどぎわ》の机の前に立って語ったレオンを見上げる。聞いたばかりの話を整理して、聞き返した。

「呪術師《じゆじゆつし》が言うには、宿星を同じくする魂《たましい》の二人が、あちらとこちらで同時に満月の光を浴びる大鏡の前に立つと、入れ代わる……ってこと？」

腕を組んだレオンは、難しい顔で大きくうなずく。

「そうだ。条件が一つでも異なれば、大鏡の魔力《まりよく》は発動しない」

「単純なようでいて、ものすごく難しい……ね」

まず、宿星を同じくする魂という存在があることが前提だ。その上で、満月の光を浴びた大鏡を同時に覗《のぞ》かなければならない。

確率的には、どれくらいの数字となるのだろう。想像もつかない。

ふっと息をついた琉夏は、窓の外……夜空に輝《かがや》く月を見上げた。

「レオンは、満月だと思う？」

静かに問う琉夏の視線を追って、レオンも夜空に目を向ける。しばらく無言で月を見据《みす》えていたけれど、視線を逸らして曖昧《あいまい》に首を左右に振《ふ》った。

「そのように見えるが、わずかに欠けているようにも見える」

「うん……たぶん、完全な満月は明日だと思う」

月齢表《げつれい》などないので、正確に満月がいつなのかはわからない。でもレオンが来る前、琉夏も今日か明日かと漠然《ばくぜん》と考えていた。

明日の夜。試《ため》してみる価値はある。

これまで何度大鏡の前に立っても意味がなかったのは、満月でなかったせいだとすれば、条件を満たした夜ならルカと入れ代わることができるかもしれない。

元の世界に戻る。

これまで望んでも叶《かな》わなかったことが、突然《とつぜん》、現実味を帯びて押し寄せてきた。

でもそれは、『ルカ』と入れ代わった『琉夏』がこの世界にいられなくなる……レオンと離れることを意味している。

「あの、レオン。さっきの……夜に忍《しの》んできた理由、って」

忘れたような顔をしているレオンに、恐る恐る蒸《む》し返す。どんな顔をしているのか見る勇気はなくて、足元に視線を泳がせた。

忙《せわ》しない心臓の鼓動《こどう》を感じながら待っているのに、レオンはなにも言わない。

奇妙《きみよう》に張《は》り詰《つ》めた空気が漂《ただよ》い、祈《いの》るような気分でレオンの答えを待った。

ってきた。

「……どうかしていた。忘れてくれ」

焦《じ》れた琉夏がもう一度名前を呼びかけようとした瞬間《しゅんかん》、感情の窺《うかが》えない低い声が頭上から降

「レオ……」

忘れてくれ？

それでは、琉夏の問いへの答えになっていない。

「僕が聞きたいのは、そんな言葉じゃない。レオンのことが、好き……なんだと思う。レオンも、同じ想《おも》いじゃないの？」

とんでもなく大胆《だいたん》な言葉を、投げつけている。

人間関係が複雑にならないよう、無難に遣《や》り過ごすことばかりに注力して感情のぶつかり合いを避《さ》けてきた、これまでの琉夏では考えられない。

それでも、ここでレオンの逃げを許してはいけないと、頭の中で警鐘《けいしょう》が鳴り響《ひび》いていた。

「ごめん。僕が、ズルい言い方をした。好きだって、言い切るから……レオン」

曖昧な言葉で、レオンの想いを聞き出そうとした。

レオンの本音を引き出したいのなら、真っ直《す》ぐに伝えるべきだと反省して飾《かざ》ることのない一言を告げる。

今度の沈黙《ちんもく》は、長くなかった。琉夏が焦れるより早く、レオンが返してくる。

でもそれは、琉夏が抱《いだ》いていた希望を打ち砕《くだ》くものだった。

「琉夏の気持ちは、知りたくなかった」

淡々《たんたん》とした低い声は、初めて顔を合わせた頃《ころ》のレオンが戻《もど》ってきたみたいだった。

胸の真ん中に、剣《けん》を突《つ》き立てられたかのような衝撃《しょうげき》が走る。

応じられないとか迷惑《めいわく》だとかではなく、知りたくなかったと……一番手厳しい台詞《せりふ》で拒絶《きょぜつ》された。

想いを受け止めてもくれない。

「なんで？　僕が寝《ね》ていたら、こっそりキスをして……何事もなかったみたいな顔で、元の世界に戻すつもりだったんだよね。そうやって、自分を納得《なっとく》させて満足して、僕の想いはどうでもいいって……勝手だ」

「琉夏」

「何回でも、言ってやる。清廉《せいれん》で高潔で、怪我《けが》をして思い通りに腕が動かなくても騎士《きし》としての矜持《きょうじ》を失わずに凛《りん》とした空気を纏《まと》うレオンが、格好良くて好きだ。最初は少し怖かったけど、今はレオンの全部が好きになった。ルカじゃないと知っても僕を見捨てることができなくて、山で迷子になっていても放《ほう》っておくのではなく助けてくれる。レオンが一緒《いっしょ》だったから、薬草を探しに出かけることもできて……ここに来て初めて、自分が誰《だれ》かの役に立てるかもしれないと思うことができた。全部、レオンが傍《そば》にいてくれたからで……ルカの代わりだから親身になってくれたのかもしれないけど、レオンが、好きだよ」

好きだ好きだと繰《く》り返し、すぐそこにあるものを手に出来ずに癇癪《かんしゃく》を起こして八つ当たりするような、ずいぶんと子どもじみたことをしているという自覚はある。

琉夏自身も、こんな一面があることなど知らなかった。感情を爆発《ばくはつ》させる自分に、戸惑《とまど》っている。

今にも泣きそうな、上擦《うわず》った声を情けないと取り繕《つくろ》う余裕《よゆう》もなかった。

「……本当は暗殺しようとして気づかれたから、苦し紛《まぎ》れに突拍子《とっぴょうし》もない言葉で誤魔化《ごまか》そうとした、って言われたほうがましだ」

ありもしない口から出任せで、本来の目的を隠《かく》して煙《けむ》に巻こうとしたのでは……と、レオンに思いつくままぶつけているうちに、それが事実のような気がしてきた。

なにも言えなくなって口を噤《つぐ》んだ琉夏は、途方《とほう》に暮れた顔をしていたかもしれない。

大股《おおまた》で一歩、距離《きょり》を詰めてきたレオンの足先が、うつむいた琉夏の視界に入った。

「そうではない。琉夏の想いを知り、それなのに離れるのかと……一度は得た幸福感を手放すのなら、知らずにいたかった」

「また、適当なことを言って」

「ッ……琉夏」

ぽつりと零《こぼ》した琉夏の前でレオンが跪《ひざまず》き、両手を伸《の》ばして頬《ほお》を包み込んでくる。月明かりの中、瞳《ひとみ》の色がわかるほど近くで視線が絡《から》んだ。

「そんな顔をさせるなら、もう隠さない。一生懸命《いっしょうけんめい》で思いやり深い琉夏の傍にいて、愛《いと》しいと、惹《ひ》かれないわけがない。だが、皇后様に惑《まど》わされた私は卑怯《ひきょう》で弱い……清廉で強い騎士などではない。琉夏の言う通り、勝手な男だ」

自信のなさそうな声と、惑いに揺《ゆ》れる瞳からは、琉夏を適当に言い包《くる》めようなどと考えているのではなく、真摯《しんし》に向き合おうとしているのだと伝わってくる。

震《ふる》えそうになる手を上げ、頬に当てられたレオンの手の甲《こう》に触《ふ》れた。

「レオンが、好きだよ。どんなに強い騎士でも人間なんだから、弱いところがあっても当然だ。それも含《ふく》めて、好きだって言える」

清廉で高潔な、頼《たよ》りがいのある騎士。そんなレオンに惹かれた。でも、逃《に》げ出そうとしたり勝手なところがあったり、人間味のあるレオンも好きだ。

琉夏の言葉に耳を傾《かたむ》けていたレオンは、瞼《まぶた》を伏《ふ》せて静かに答えた。

「……琉夏を愛している」

この世界のレオンにとって、それは特別な言葉ではないのかもしれない。でも琉夏には、自分が告げた「好き」よりずっと深い想いを感じる一言だ。

月の位置が変わったのか、窓から入ってくる月光の角度が変わる。レオンの背から月明かりが差し、艶《つや》やかなダークブラウンの髪《かみ》を輝かせているようで綺麗《きれい》だ。

「琉夏……触れても？」

「うん」

頬に当てられていた大きな手が頭の後ろに回され、そっと引き寄せられる。端整《たんせい》な顔が近づき、ギュッと目を閉じた。

唇《くちびる》に……やんわりとしたぬくもりが触れる。心臓の音が、耳の奥でうるさいくらい鳴り響いていた。

軽く触れていた唇がふっと離《はな》され、もう一度押しつけられる。遠慮《えんりょ》を手放したのか、今度は唇の合わせをペロリと舐《な》められ、受け入れる気はあるかと窺われる。

そろりと唇を開くと、濡《ぬ》れた感触《かんしょく》が口腔《こうこう》に潜《もぐ》り込んできた。

「ッ……ン」

自慢《じまん》にならないが、キスは初めてだ。

仄《ほの》かな好意を抱く相手はいても、誰かに触れたいとか触れられたいと具体的に考えたことはないし、性的な欲求《よっきゅう》自体が薄《うす》いのだと思っていた。

「っふ、ぁ……ッぁ」

でも、今は……レオンに触れられたところから、どんどん熱が広がっていく。息継《いきつ》ぎが上手《うま》くできなくて苦しいのに、止《や》められたくない。髪を撫《な》でてくる指先に、ゾクゾクと悪寒《おかん》に似たものが背中を駆《か》け上がる。

頭の芯《しん》が甘く痺《しび》れて、なにも考えられなくなる……。

ベッドに腰掛《こしか》けているのに身体《からだ》がグラグラ揺れているみたいで、今ここで唯一《ゆいいつ》頼ることのできるレオンの腕《うで》に縋《すが》りついた瞬間、どこからか小さな声が聞こえてきた。

レオンの耳にも届いたようで、ふっと口づけが解かれる。

「っ、レオ……ン、今……」

ぼんやりとした頭を軽く振《ふ》り、レオンを見上げる。レオンは、厳しい表情で視線をさ迷わせていたけれど、一点で動きを止めた。

「……鏡だ」

ハッとした琉夏は、レオンの視線を追って扉《とびら》の脇《わき》にある大鏡を振り返る。先ほどまでは当たっていなかった月の光が、鏡面を照らしていた。

「レオン、まさか……ルカが」

反射的に立ち上がった琉夏は、大鏡に駆け寄ろうとした。その身体を、背後から長い腕の中に抱き込まれる。

「レオン？」

「あ……、すまない。あちらへ」

琉夏を腕の中に抱いていたレオンは、我に返ったように腕の力を抜《ぬ》いて琉夏の背中に手のひらを押し当てた。

レオンに添《そ》われ、大鏡の前に立つ。息を詰《つ》めて鏡の中を覗《のぞ》き込むと、そこに映るのは見慣れた自分の姿だった。

黒い髪、黒い瞳……『ルカ』ではない。

緊張《きんちょう》のあまり止めていた息を吐《は》き出した次の瞬間《しゅんかん》、鏡の中の自分がぐにゃりと揺らいだように見えた。

もう一度、鏡を凝視《ぎょうし》すると……金の髪に翠《みどり》の瞳の少年が、こちらを見ている。

「……ルカ」

『……うん』

琉夏がかすれた声で呼びかけた名前に、小さくうなずいたのは……間違《まちが》いない。『ルカ』だ。

一歩足を引くと、背後のレオンに背中がぶつかった。今回は一人ではなかったと思い出し、咄嗟《とっさ》にレオンを振り返る。

琉夏の肩《かた》を両手で摑《つか》んだレオンの蒼い瞳は、睨《にら》むように鏡の中の『ルカ』を見据《みす》えていた。

どうして、そこにルカがいるのだろう。

今夜はまだ、満月ではないと思ったのに。

「満月は、明日じゃ……いや、もしかして零時《れいじ》を越《こ》えて日が変わったから？」

戻れるかもしれないと、レオンから聞いていたけれど……満月は明日だろうと思い込み、覚《かく》悟《ご》はまだできていなかった。

琉夏の肩を摑むレオンの手に、グッと力が込められる。

「琉夏、この機会を逃《のが》せば……次の満月に、また条件が整うかどうかはわからない」

「そう……だね」

次の満月は、雲が月を覆《おお》うかもしれない。それまでのあいだに、不注意で大鏡を割る可能性もゼロではない。

今が、戻《もど》ることのできる最初で最後のチャンスかもしれないと頭ではわかっているのに、足が動かない。

「レオン……レオンハルト、僕は……ン」

戻りたくないと、言ってしまいそうになった。言えなかったのは、背後に立つレオンの手に顎《あご》を摑まれて仰向《あおむ》かされ、唇を塞《ふさ》がれたからだ。

口づけは、さっきの甘いものではない。押しつけられただけで離れたレオンの唇が、微《かす》かに震えているみたいだった。

これは……さよなら代わりのキスだ。

身体に巻きついていたレオンの腕が、離れていく。立ち竦《すく》む琉夏の視界が白く霞《かす》み、強く奥歯を嚙《か》み締《し》めた。

「琉夏」

名前を呼ぶレオンの声に背中を押され、鏡に向かってゆっくり右手を伸ばす。鏡の中の『ルカ』も、こちらに右手を伸《の》ばすのが見えた。

双方《そうほう》の右手が、もう少しで触れる。自分が映っているのではない証《あかし》だ。

振り向くことはできなくて、左手を背後に伸ばした。

「ルカを死なせちゃ駄目《だめ》だ。お願いだ、レオン。ルカを護《まも》って」

「約束する。琉夏の頼《たの》みだからな」

一瞬だけ強く握《にぎ》られた左手は、即座《そくざ》に放される。

鏡の中の『ルカ』と、右手が触れ合い……目を閉じた琉夏は、大きく一歩踏《ふ》み出した。

鏡面にぶつかる……瞬間。

身体が浮《う》き上がって眩《まぶ》しい光に包まれたようにも思うし、真っ暗な穴に延々と落ちていくようにも思う。

五感すべてが失われて、天地もわからなくなり……意識が闇《やみ》に沈《しず》んだ。

□□□

「……い、おーい、河西」

名前を……呼ばれている？

遠くから名前を呼ぶ声が聞こえた？　と思った直後、キン……と耳鳴りに襲《おそ》われる。

「っ、あ……れ？」

ビクッと身体を震《ふる》わせて瞼《まぶた》を開いた琉夏は、視界に飛び込んできた複数の顔に忙《せわ》しなく瞬《まばた》きをした。

すべて、知っている顔だ。でも、咄嗟に誰《だれ》なのかわからない。

琉夏が瞬きをすると、一斉《いっせい》に笑い出した。

「あははは、なんだよきょとんとして。寝惚《ねぼ》けてんだろ」

「声をかけてもなかなか起きないから、心配しちゃった。こんなところで寝《ね》てたら、風邪《かぜ》をひくよー？」

「なんか、すげーパジャマを着てんな。母ちゃんの趣味《しゅみ》？　おまえの趣味？」

口々に話しかけてきたのは、そうだ。先輩《せんぱい》たちだ。研修で、教授の知人が所有するドイツ郊《こう》外《がい》のお屋敷《やしき》に滞在《たいざい》していたのだった。

長い夢から唐突《とうとつ》に目覚めたみたいで、頭がぼんやりとしている。

周囲に視線を巡《めぐ》らせると、こんなところ……と言われた自分の寝転がっている場所が、壁《かべ》一面の書棚《しょだな》の前だとわかった。

「酔《よ》っ払《ぱら》いが寝落ちしているなーと思って放《ほう》っておいたんだけど、夜中に覗いたら一心不乱に本を積み上げて読み耽《ふけ》ってたぞ。で、そろそろベッドで寝たほうがいいんじゃねーの？　って声をかけに来たら、また寝てるし。寝惚けて本棚を漁《あさ》るあたりは、河西らしいけどさ」

「松井先輩……」

笑いながら琉夏の背中を叩《たた》いた松井の手から、無意識に身体を逃《に》がした。

なんだろう。あまり、触《さわ》られたくない。

「そういや、さっき覗いた時は河西の髪《かみ》がキラキラして見えたんだけど……あれぇ？」

「おまえ、飲み過ぎだって。ワインがぶ飲みして、ふらふらになってただろ」

「あー……そうだっけ？」

琉夏の髪を指差した他《ほか》の先輩に、松井がケラケラと笑って飲み過ぎを指摘《してき》する。

松井は、こんなに締まりのない顔をしていたか？　少し猫背《ねこぜ》でだらしないし、全身に纏《まと》う空気も軽い。

彼と、比べて……。

彼とは？

「あっ」

ぼんやりと頭に浮かんだ影《かげ》が、唐突に明確な人物像を描《えが》いた。

ダークチョコレート色の髪に、深海の蒼を閉じ込めたような瞳《ひとみ》。背筋を伸ばし、凛《りん》とした高潔《こうしつ》で硬質な空気を纏っている青年。

命がけで国を護るという矜持《きょうじ》を持つ騎士《きし》と比較《ひかく》したら、現代の大学生など締まりがなくても当然だ。

「……本当に、戻ってきたんだ」

琉夏がつい先ほどまで過ごしていた屋敷には、オイルランプしかなかった。

天井《てんじょう》に設《しつら》えられた照明器具を見上げてぽつりと口にした琉夏に、松井が表情を曇《くも》らせる。

「ぼーっとして、ちゃんと目が覚めたか？　二度寝……三度寝せずに、今度はベッドで寝ろよ。俺らも、もうお開きだな」

「何時……って、うわっ、もう朝が来るぞ。三時間くらいは寝られるかなぁ」

座り込む琉夏の肩を叩いた松井が、立ち上がってスマートフォンを取り出す。その画面を横から覗いた先輩が、時刻を確かめてギョッとした声を上げた。

「片付けは朝でいいか」

「シャワーだけ浴びて寝よ」

「飲み過ぎたー。二日酔いかなぁ」

口々に言いながら、先輩たちが部屋を出て行く。もうきちんと目が覚めていると認識《にんしき》したらしく、琉夏を振《ふ》り向く人はいない。

一人きりになり、すごいパジャマ……と言われた自分の衣服を確かめた。

「ルカの……寝間着だ」

上質な絹で織られた肌触《はだざわ》りのいい布を、惜《お》しげもなくたっぷり使った寝間着は、確かに現代の男子大学生が選ぶには『すげーパジャマ』かもしれない。

頭はぼんやりしているけれど、酔っ払って長い夢を見ていたのではない。確かに、ついさっきまで琉夏は、ここではないどこかにいた。

「レオンハルト」

記憶《きおく》に残る凛々《りり》しい騎士の名前を口にするだけで、心臓がギュッと摑《つか》まれたかのように痛くなる。

左手には、別離《べつり》の直前に強く握られた余韻《よいん》が漂《ただよ》っているみたいだ。

夢などではない。あまりにも非現実的で誰にも言えないけれど、確かに自分は『あの時代』にいた。

「もしかして、ルカと僕で時間の流れが違《ちが》った？」

先ほどの、松井たちの話を思い起こす。

彼らは琉夏が、酔い潰《つぶ》れて寝落ちしていたと思い込んでいた。でも、途中《とちゅう》で本を読み耽っていたという『金髪《きんぱつ》』の琉夏は、間違いなく『ルカ』だ。

それなら琉夏があちらで約一ヵ月を過ごしていたあいだ、ルカはここで一晩だけ過ごしていたのだろう。

たった一晩、厳密にはほんの数時間だったかもしれない。もしそうならよかったと、安堵《あんど》に包まれた。

ここには、琉夏にとってのレオンのような存在はいないのだ。

ルカが、怯《おび》え、困り、途方《とほう》に暮れて心細さに独りきりで泣くようなことにならなくて、よかった。

「まぁ、さめざめと泣くタイプじゃないかも。意外と逞《たくま》しいっていうか……ルカなりに、有意義に過ごしていたのかな」

本を積み上げて読み耽っていたというのなら、ここで可能な限り知識を得ようとしたに違いない。

ここがどこかなど、ルカにはどうでもよくて……ただ、知りたいことを追究して満たされたのなら、それでいい。

「きっと、レオンもルカも、遥《はる》かに過去の人なんだよな」

抱《だ》き締《し》められて、口づけを交《か》わして……レオンと触《ふ》れ合ったのは、ほんの数十分前だ。ルカとすれ違ったのも、ついさっきで……でも実際には彼らは、過去の人なのだ。

理屈《りくつ》では理解しているつもりでも、現実感が乏《とぼ》しくて思考が追いついていない。

「マリナさんに、ルカのこと……もっと聞いてみよう」

あの世界を知った今の琉夏は、マリナの語る「かつての皇子様《おうじ》」のことを心から理解できるはずだ。

自分と入れ代わった後、ルカがどんなふうに生きたのか……若くして亡《な》くなったという伝承の真実はどこにあるのか、可能な限り知りたい。彼を傍《かたわ》らで護《まも》る、騎士の存在があったのかどうかも知っている人はいるのだろうか。

「鍵《かぎ》のかかっている部屋……あそこがルカの部屋だ」

立ち入らないよう事前に注意されている、鍵のかかった一室の内部を、きっと琉夏は知っている。

教授と共に後ほど合流するというこの屋敷の主《あるじ》に頼《たの》み込み、室内を見せてもらうことはできるだろうか。

ルカに関することを、一つでも多く知りたい。知らなければならない。

胸の奥から沸《わ》き上がってくる寂寥《せきりよう》感を抑《おさ》え込み、空が白み、月が姿を消した夜明け間近の窓の外を眺《なが》めた。

《十》

お屋敷《やしき》の庭にある植物園は、自然の環境《かんきょう》に溶《と》け込むように作られた簡素なものだ。イメージする温室等の設備はなく、一見しただけではずいぶんと草花が豊かな庭だな……という雰囲気《ふんいき》だった。

それでも、湿地《しっち》を好む種類の草には細かなミストで霧状《きりじょう》の水を浴びせることができるようになっているし、日当たりを好まない種が集められている一角には大きな岩を置いて直射日光を防げるようにしてある。

人間が手を加えすぎることがないよう、可能な限り自然に近い環境を保ちつつ、絶滅危惧種《ぜつめつきぐしゅ》の保護が行われていることがわかる。

「このお屋敷のオーナーって人は、植物に詳《くわ》しいんだろうなぁ。教授の知り合いだってくらいだから、当然か」

庭の隅《すみ》にしゃがみ込んで写真を撮《と》っていた琉夏は、いつもにこにこ笑っている白髪の教授とよく似ている外国人男性が並ぶ姿を想像した。

「あー……駄目《だめ》だ。アノ人になる」

どうしても、白髪にたっぷりの髭《ひげ》を蓄《たくわ》えた恰幅《かっぷく》のいい初老の男性……街中でよく見かける、フライドチキン店の創設者である人物の像が浮《う》かんでしまう。

今日のお昼前には教授と共にやって来るそうなので、答え合わせは間もなく叶《かな》うだろう。

「河西ー……やっぱりここか」

背後から名前を呼ばれ、立ち上がって振り向いた。

木の陰《かげ》から顔を覗《のぞ》かせた松井に、手書きで雑多な走り書きが記されたルーズリーフを差し出される。

「レポートの仕上げ、頼んでいい？　俺ら、適当に書いておいたからさ。それらしく纏《まと》めておいてよ」

「わかりました」

なにもせずに、すべて琉夏に押しつけてくるのではと覚悟《かくご》していたが、一応先輩《せんぱい》たちもそれらしい作業をしてみたらしい。

短い、数行の走り書きでも、ないよりはいいだろう。

「マジで助かるよ。図鑑《ずかん》を広げてもドイツ語とかさっぱりだし、河西のおかげでレポートの体《てい》裁《さい》が整いそう」

「僕が纏めたので、よければ……ですけど」

「十分っつーか、もともと河西は教授のお気に入りだし、俺たちが余計な手を出さないほうがよさそう」

共同研究レポートとして提出するのに、それでいいのか……とは思ったが、琉夏にしてみても自分一人に任せてくれたほうがストレスなくレポートを書き上げることができる。

「後で礼はするし、頼んだからな」

松井は笑いながら琉夏の肩《かた》に手を回して、背中を軽く叩《たた》いてくる。その手からさり気なく身体《からだ》を逃《に》がして、「気にしなくていいです」と返した。

本人は、琉夏から好意を寄せられていると自覚していたようなので、スキンシップで機嫌《きげん》を取っているつもりなのかもしれない。

でも、ハッキリ言って今の琉夏は微塵《みじん》も松井に特別な感情を持っていないので、無用な接《せっ》触《しょく》は不快なだけだ。

おめでたいことに松井自身は避《さ》けようとする琉夏に気づいていないのか、「あとさー」と更《さら》になにかを押しつけてこようとした。

その言葉が途《と》切《ぎ》れたのは、玄関《げんかん》付近から聞こえてきた先輩たちのざわめきのせいだ。

「っと、教授が到着《とうちゃく》したかな。出迎《でむか》えと挨拶《あいさつ》に行くかー。河西も行くだろ？」

「挨拶には行きますけど、手を洗ってきます。土を触《さわ》ったので……」

「じゃ、俺は先に行っとくわ」

玄関方向へ歩き出した松井の背中を見送り、大きく息をついた。

手に持っていたルーズリーフを近くに置いてあったファイルに挟《はさ》み、汚《よご》れないよう保護しておいてから手洗い場へ向かう。

松井に、「先輩のことはなんとも思っていません」と唐突《とうとつ》に伝えるのは、妙《みょう》だと自分でも思う。でも、好意を寄せている先輩に構ってもらえて嬉《うれ》しいだろう、という高慢《こうまん》な思惑《おもわく》が透《す》けて見える言動はやめてほしい。

「彼女ができました……とか、誰《だれ》かに頼んでアピールするかな」

無難な方法を思いついたのはいいけれど、残念ながら琉夏にはそんな頼みごとをできる女友達がいない。

「先輩をちょっとでも意識していたのは事実だしなぁ。自業自得《じごうじとく》か」

流れる水を見ながら大きくため息をつくと、ポケットに入れてあったハンカチで手を拭《ふ》き、遅《おく》れ馳《ば》せながら教授と屋敷の主を出迎える先輩たちに合流することにした。

教授への挨拶は当然のこととして、このお屋敷の主にもきちんとお礼を言いたい。タイミングを見計らって、かつてここに住んでいた『皇子様』のことを聞く機会を得られたら更に嬉しい。

「その人はルカとは無関係で、なにも知らない……って可能性のほうが高いけど、少なくともルカが集めていた植物たちは大事にしてくれているみたいだし、ルカの部屋も……どれくらいあの頃《ころ》のものが残されているかな」

琉夏にとっては、つい数日前まで一ヵ月近くのあいだ過ごした部屋だが、実際には数百年は経《た》っているはずなので当時の面影《おもかげ》はないかもしれない。

でも、僅《わず》かながらでも痕跡《こんせき》が確認《かくにん》できるのでは、という希望が手放せない。

「マリナさんは、最初に話してくれた以上のことは知らないみたいだったし……」

かつて、身体の弱いルカという名前の皇子《おうじ》が療養《りょうよう》のため滞在《たいざい》していた。若くして亡くなってしまったけれど、聡明《そうめい》で難病の原因や対処法を見つけた。結果、たくさんの子どもたちが救われて、今では聖人として教会に祀《まつ》られている。

琉夏と入れ代わった後も薬草の知識を活《い》かして、病に苦しむ子どもたちのために奔走《ほんそう》したに違《ちが》いない。

「教会……帰る前に、一度は行ってみよう」

先輩たちは明日はここを発《た》って、帰国までの数日をフランクフルトで過ごす予定らしい。美術館やら博物館、史跡《しせき》を訪《おとず》れるという名目だが、観光を楽しむのだろう。

琉夏は、できればギリギリまでここに残りたい。一人だけ別行動をとることが許されるのなら、だが。

その相談も含《ふく》めて教授と話したいと思っていたので、予定よりも早めの到着はありがたかった。

「あ……あの人か」

裏庭になっている植物園を離《はな》れてお屋敷の角を曲がると、玄関前には先輩たちの輪ができていた。

教授と、この位置からは後ろ姿しか見えないが……女子の先輩が頬《ほお》を紅潮させて見上げているスーツ姿の男性が、屋敷の所有者だろう。

「カーネル……じゃなさそうだな」

琉夏が勝手に想像していた、恰幅のいい初老の外国人男性ではなかった。

かっちりとした仕立てのよさそうなスーツに包まれた後ろ姿だけでも、手足の長い抜群《ばつぐん》のスタイルだと見て取れる。

キャッキャとはしゃぐ女子の先輩たちの様子からは、所謂《いわゆる》イケメンなのだろうという予想もできた。

「ああ、河西君」

琉夏の姿に気づいたらしく、こちらに顔を向けた教授が軽く右手を上げて名前を呼びかけてきた。

小走りで教授の脇《わき》に立った琉夏は、軽く頭を下げて挨拶をする。

「長旅、お疲《つか》れ様でした。教授」

「ここはどうだね。君にとって楽園だろう」

研究室に入り浸《びた》り、教授を捕《つか》まえては質問攻《しつもんぜ》めにする普段《ふだん》の琉夏を知っているからか、的確に言い当てられる。

照れ笑いを浮かべて、「はい」とうなずいたところで、先輩たちに囲まれていたスーツ姿の男性が振《ふ》り向いた。

先輩たちのようなコミュニケーション能力を持ち合わせていない琉夏は、初対面の人と面と向かって接するのが苦手だ。

二十歳《はたち》にもなって情けないとわかってはいるけれど、慌《あわ》てて視線を落として綺麗《きれい》に磨《みが》かれた革靴《かわぐつ》の爪先《つまさき》を見据《みす》える。

「皆《みんな》には紹介《しょうかい》したんだが、彼がここの所有者のレオンハルト・フォン・ベルガー氏だ。昨年、都内の植物博で初めて顔を合わせたんだが、妙に馬が合ってねぇ。今回、所有している別荘《べっそう》に学生を受け入れてくれるというので、お言葉に甘えたんだ」

「あ……ありがとうございます。すごく勉強になっています」

レオンハルト。ドイツ国籍《こくせき》の人の名前としては珍《めずら》しいものではないとわかっているが、トクンと心臓が大きく脈打った。

これくらいのことで意識していてどうする、と自身に呆《あき》れても琉夏にとってレオンとの別れの記憶《きおく》は血が滲《にじ》む生傷のようで、未《いま》だ瘡蓋《かさぶた》にさえなっていない。

この世界に戻《もど》ってきた日から三日が経っても、常に琉夏の近くにいたレオンの姿を求めて無意識に捜《さが》してしまう。

お屋敷《やしき》は確かに同じなのに、レオンの存在がない。そのことに気づく度《たび》、絶望的な気分になる。

それでも彼を想《おも》って泣けないのは、本当にいないという実感がないせいだ。

廊下《ろうか》にも、庭の隅《すみ》にも、レオンの気配が残っているようで……気を抜《ぬ》くと、不意に話しかけそうになる。

この先、ずっと……どれだけ時間が過ぎても、あの高潔な騎士《きし》を忘れられる日が来るとは思えない。

誇《ほこ》り高き騎士に、恥《は》じぬように。

彼を心の中に住まわせたまま生きるのも幸せかもしれないと、そう折り合いをつけようとしているのに、同じ名前を耳にするだけでこんなにも胸が苦しくなる。

「河西君、君とレオンとは気が合うと思うんだ。君が専攻《せんこう》している薬効のある植物や漢方薬の原料やらを彼も熱心に集めていて、初めて顔を合わせた時もアジア地域特有の植物について質問攻めにあったよ。こちらの植物園も、薬草と有毒草が入り交じっていて面白《おもしろ》いだろう」

「はぁ……あ、河西琉夏です。こちらの庭を、興味深く見学させてもらっています」

楽しげに語る教授に釣《つ》られてしまったけれど、日本語で大丈夫《だいじょうぶ》なのか？

ドイツ語で言い直したほうがいいなら……と迷いながら顔を上げて、一言も発することのないスーツ姿の長身の胸元《むなもと》に視線を移した。

「……琉夏」

「あっ、はい。この地方では、多い名前らしいですね」

唐突に低く名前を呼ばれ、肩を震《ふる》わせる。マリナも琉夏が名乗った時に反応したが、やはり琉夏の名前はこちらの人の興味を引くのか。

日本人の悪い癖《くせ》と言われている曖昧《あいまい》な愛想《あいそ》笑《わら》いを浮《う》かべて、ネクタイあたりに彷徨《さまよ》わせていた視線を、琉夏より二十センチは高い位置にある……見上げる角度の顔に向けた。

蒼《あお》い瞳《ひとみ》と視線が絡《から》んだ瞬間《しゅんかん》、周囲から音が消える。

「ッ、レオ……」

ダークチョコレート色の髪《かみ》、深い蒼の瞳、少し硬質《こうしつ》な知的な雰囲気《ふんいき》の端整《たんせい》な容貌《ようぼう》。まったく同じではない。でも、『彼』と血縁《けつえん》関係かと疑うほど似通っている姿に、視線を逸《そ》らすことができない。

何故《なぜ》か目の前に立つ彼も、不思議なものを見ているような眼差《まなざ》しで琉夏を見下ろしていた。

動けない。彼も、動かない。この周りだけ、時間が止まっているみたいだ。

「河西君？　レオン？」

怪訝《けげん》な響《ひび》きの教授の声が、止まっていた時計の針を動かした。

ビクッと身体《からだ》を震わせた琉夏は、白昼夢から醒《さ》めたような心地《ここち》で目を瞬《まばた》かせる。目前のレオンも、我に返ったような顔で琉夏から視線を逸らした。

「どうした河西。立ったまま寝《ね》てんじゃないのかー？　大丈夫か？」

「あ……」

「おまえと違って、勉強のし過ぎだろ」

「レオンさん、裏の植物園を案内してほしいです～」

「オーナーさんがイケメンだからって、いきなり勉強熱心になるなよ。ま、確かに実業家っていうより俳優みたいにカッケーけどさ。モデルとかに知り合いいませんかー？」

遠ざかっていた音が一気に押し寄せてきて、突如放《とつじょほう》り込まれた喧騒《けんそう》に足元がふらついた。

再び先輩《せんぱい》たちに囲まれたレオンは、そのまま裏手の植物園へと連れていかれる。到着《とうちゃく》したばかりなのに容赦《ようしゃ》ない。

琉夏は、賑《にぎ》やかに話しながら屋敷の角を曲がる強引《ごういん》な先輩たちとスーツ姿の長身を、唖然《あぜん》と見送った。

残された教授と顔を見合わせて、二人で苦笑《くしょう》を浮かべる。

「お茶、淹《い》れましょうか。地元の女性にいただいたんですけど、地元で採れた薬草を使った身体が温まる薬膳《やくぜん》茶らしいです」

「いいですね。いただきましょう。このあたりの高山植物は、日本アルプスの固有種より豊富で興味深いですね」

「標高が高いところに行けば、もっとたくさん固有種があるはずです。昨日、地元の方にトレッキングの案内をお願いしていたんですけど、朝から大雨で中止になって……」

教授と肩《かた》を並べて、お屋敷の玄関《げんかん》へ向かう。今の自分は、普通《ふつう》に話せているのだろうか。

頭がふわふわとして、夢の中にいるみたいで……琉夏に『愛している』と告げた『レオンハルト』の姿が、幾度《いくど》となく目の前に浮かんだ。

同じわけがない。確実に別人なのに、真剣《しんけん》にこちらを見据えた蒼い瞳が重なり、琉夏を困惑《こんわく》させた。

□□□

「じゃあ、日本語だけでなく広東語《カントン》も勉強中なんですね。結局、何か国語が話せるんですか？」

「アジア圏《けん》の言葉は難しいね。母国語とフランス語と英語と……イタリア語に、ロシア語。アラビア語は少しだけ」

「日本には何回か来ました？」

「日本にもアルプスがあるからね。親近感を持っている。今度、日本の高地にホテルを作る予定だから、訪《おとず》れる機会も多くなるはずだ」

夕食中も、レオンの隣《となり》に陣取《じんど》った先輩が質問攻《しつもんぜ》めにしている。

おかげで琉夏は、自身が一度もレオンと話すことなく、ある程度彼の情報を得ることができた。

ドイツ国籍で、リゾートホテルやアミューズメントパーク、ジオパークなどを国内外で経営していること。

年齢《ねんれい》は、三十歳になったばかり。ついでに身長は百八十八センチ。独身。

このお屋敷は、事業用ではなく彼の個人的な所有物で、年に数回休養に訪れること。

ずっと先輩たちに囲まれているレオンと接する機会がないのは、幸いかもしれない。

「レオンはモテますねぇ」

「そうですね。……当然って感じですけど」

当初松井たちは、女子人気を一身に集めるレオンに面白くなさそうだったけれど、張り合っても無駄《むだ》だと諦《あきら》めたらしい。今では女子たちと一緒《いっしょ》になって、興味深そうに多様な事業を手掛《てが》けるレオンの話を聞いている。

「僕の相手をしてくれるのは、河西君だけです」

大袈裟《おおげさ》にしょんぼりして見せる教授に、琉夏は真顔で言い返す。

「教授とお話しするの、楽しいですよ」

おべっかというものではない。実際に、農学研究の分野では権威《けんい》である教授と個人的に話すことができるのは楽しいし、贅沢《ぜいたく》な時間だ。

「そういえば、松井君たちは明日にはフランクフルトに向かうそうですが、河西君はどうしますか？」

「あっ、それについてお願いしようと思っていたんです。僕だけ別行動……は駄目《だめ》ですか？　フランクフルト観光をするより、もう少しここにいたいです」

教授のほうから話を振《ふ》ってくれて、助かった。琉夏の訴《うった》えに、教授はわずかに首を傾《かし》げて思案の表情を浮かべる。

「僕も、明日にはここを離《はな》れる予定なんです。河西君を独りにするわけには……」

やはり駄目か、と落胆《らくたん》しかけたけれど、予想外のところから「それでしたら」と声が聞こえてきた。

「よければ、私が彼と一緒に残ります。もともと、こちらで休暇《きゅうか》を過ごす予定でしたので。帰国便に間に合うよう、フランクフルトの空港まで送りますよ」

驚《おどろ》きに顔を上げた琉夏は、発言者……レオンと視線が絡む直前に、パッとうつむいた。

ドキドキするのは、背格好や髪の色、瞳の色が『彼』と同じせいだ。別人なんだから、変に意識するなと心の中で繰《く》り返す。

「えー、じゃあ私も残ろうかなぁ」

「あんた、退屈《たいくつ》って言ってたくせに」

「だってぇ」

「おまえが狙《ねら》うには、ハイスペ過ぎ。無謀《むぼう》なチャレンジだろ。大人しくフランクフルト観光に繰り出そうぜ」

「……むぅ。そりゃそうだけど……ちょっと夢見ただけじゃない」

レオンの申し出を受けて、隣の先輩が「私も」と目を輝《かがや》かせたけれど、即座《そくざ》に「やめておけ」と制止されて渋々《しぶしぶ》引き下がった。

「レオンはこう言ってくれてますが、どうしますか、河西君」

「さすがに……図々《ずうずう》し過ぎる気がしますけど」

「私も話し相手がいてくれたほうが嬉《うれ》しいから、遠慮《えんりょ》なくどうぞ。私でよければ、トレッキングの案内もするよ」

ものすごく魅力《みりょく》的な提案だ。

引っかかるのは、琉夏の個人的な都合であって……必要以上にこの人を意識せずやり過ごすことができれば、トレッキングの希望も叶《かな》う。

なにより、あの部屋を見たいとお願いすることもできるのでは。

「レオン……さんが、本当にご迷惑《めいわく》でなければ、お願いします」

初対面の人と二人で過ごそうなど、普段《ふだん》の自分では考えられない。でも、断るにはあまりにも勿体《もったい》ないという欲《よく》が勝《まさ》った。

テーブル越《ご》しに頭を下げた琉夏に、レオンは何故かホッとしたようにも聞こえる嬉しそうな調子で答えた。

「もちろん問題ない。では、よろしく琉夏」

琉夏。と……呼ぶ声が、イントネーションが『彼』と重なり、クラリと眩暈《めまい》を感じる。

先輩たちがここを発《た》てばレオンと二人になるのに、平然としていられるのだろうか。不審《ふしん》な言動で、レオンを困惑させそうだ。

なにより、心臓がどうにかなりそうで……不安が込み上げてきた。

欲に負けた自分の選択《せんたく》は、間違《まちが》っていないか？

今更《いまさら》な迷いに視線を泳がせると、不意にレオンと目が合う。

ふっと浮《う》かべた笑《え》みがあまりにも優《やさ》し気で、咄嗟《とっさ》に笑い返すなどできずに慌《あわ》てて顔を伏《ふ》せた。

間違いなく、失礼で不自然な対応だ。不快感を与《あた》えてしまっているのではないだろうか。

やはり、レオンと二人きりで過ごすのは大丈夫《だいじょうぶ》ではないような気がしてきた。

「あの」

「河西君、レオンの植物の知識は僕でも舌を巻くくらいですから、有意義な時間を過ごせると思いますよ」

「あ……はい」

教授の台詞《せりふ》に、レオンは笑みを消すことなく「私も楽しみです」と答え……やっぱり、やめますと言い出せる雰囲気《ふんいき》ではなくなってしまった。

テーブルの向こうから時おり感じる視線に意味があるはずはないのに、深い海を思わせる蒼《あお》い瞳《ひとみ》に胸がざわつく。

もうレオンと目が合わないよう、手元に視線を落として隣の教授とポツポツ会話を交《か》わす。

ただ、どんな話をしているか、きちんと受け答えができているのかもわからなくなり、上の空で相槌《あいづち》を打ちながら心の中で「ごめんなさい」と教授に手を合わせた。

《十一》

久しぶりにお屋敷《やしき》を訪《おとず》れたというレオンを大歓迎《だいかんげい》したマリナは、二人では食べ切れないほどの夕食と明日の朝食を、差し入れと称《しょう》して置いて行ってくれた。

明るくて賑《にぎ》やかなマリナが帰宅すると、とうとう広いお屋敷にレオンと二人だけになってしまう。

具《ぐ》沢山《だくさん》のシチューや、生ハムをたっぷりトッピングした豪華《ごうか》なピザなどの御馳走《ごちそう》を食していても、レオンを意識するあまり勿体ないことに味をほとんど感じない。

何故《なぜ》か、レオンもあまり話しかけてくることなく、ただ……視線を感じる。どれくらい食べたかわからないけれど、精神的に満腹になってフォークを置いた。

「もう食べないの?」

「はい。お腹《なか》、いっぱいになって……冷蔵庫に入れておいて、また明日にいただきます」

スープボウルによそった分はなんとか腹に収めたが、鍋《なべ》には結構な量が残っている。ピザは、ラップをして冷蔵庫に入れておけば明日でも美味《おい》しくいただけるだろう。

自分が使い終えた食器を持ってそそくさと席を立った琉夏は、レオンの手元にチラリと視線を送った。

「よければ、一緒に片付けておきますけど」

「自分で片付けるから、結構。ありがとう」

手を振ったレオンに軽く頭を下げて、キッチンへ向かった。

あちらでは、『ルカ』がキッチンに立ち入ることはなかったので、どれくらい変わっているのか比較《ひかく》することはできない。ただ、石窯《いしがま》はともかく冷蔵庫やオーブンといった真新しい家電製品は、最近設置されたものに違いない。

シンクで食器を洗い終えたところで、レオンが入ってきた。慌てて場所を譲《ゆず》ろうとした琉夏の腕《うで》を掴《つか》んで引き留めると、

「琉夏、この後ちょっといい？」

背を屈《かが》めて、そう尋《たず》ねてくる。

レオンの意図が読めず、心臓が大騒《おおさわ》ぎしている。掴まれた腕、シャツ越しにレオンの手のひらのぬくもりが伝わってきて、動悸《どうき》が激しさを増す。

「えっと、中途半端《ちゅうとはんぱ》なレポートを纏《まと》めておきたいのと、先輩《せんぱい》たちにメールをしなくちゃいけなくて」

動揺《どうよう》のあまり、情けないことに逃《に》げを選んだ。

不自然な態度だったはずだけれど、レオンは不快感を示すでもなく笑って「そう」と琉夏の

腕を解放した。

ホッとしたのは一瞬《いっしゅん》で、

「じゃあ、それが全部終わってからでいい。夜中でも構わないから、リビングで待っている。琉夏が来るまで待っているので、急がなくていい」

ポンと琉夏の背中を軽く叩《たた》いて脇《わき》を通り抜《ぬ》け、シンクに置いた食器を洗い始めた。

琉夏は、返事をしていないのに……彼の中では決定してしまっているようだ。

やることを終え、夜中でもいいと言われてしまっては、断る理由がないので逃げることなどできないが……。

見えていないかと思うが、レオンの背中にペコリと頭を下げてキッチンを出た。早足に廊下《ろうか》を歩き、階段を駆《か》け上がって割り当てられた部屋に飛び込む。

電気を点《つ》けないままベッドに身体《からだ》を投げ出すと、頭を抱《かか》えた。

「なんで、心臓……ドキドキするんだ。広い背中も……レオンと重なって見えるのは、髪《かみ》の色と体格が似ているからで、変に意識するなって」

握《にぎ》り締めた手で、自分の頭を殴《なぐ》りながら自戒《じかい》する。

髪の色と瞳の色と、名前が同じで……容姿が重なるからなんだというのだ。レオンに向ける想《おも》いは、そう簡単に取って代わるものではないのに……。

自分が、ものすごく移り気で軽薄《けいはく》な人間に感じてしまい、自己嫌悪《けんお》に奥歯を嚙《か》み締める。

リビングで待つ？　それも、琉夏が来るまで……。

うっかり眠《ねむ》ってしまったということにして、琉夏が行かなければ……彼は、いつまで待つのだろう。


「そんなこと、できるわけない」

レオンが自分を待っていることを知っていながら、故意にすっぽかすなど無理だ。気になって、眠ることもできないに決まっている。

琉夏、と呼ぶ声。

腕を摑んだ大きな手……その体温。

物言いたげな、蒼い瞳。

目を閉じてベッドに顔を埋《うず》めていても、背中を真っ直《す》ぐに伸《の》ばして立つ凛々《りり》しい長身が瞼《まぶた》の裏にチラチラと思い浮かぶ。

落ち着こうと深呼吸を繰《く》り返したけれど、鼓動《こどう》の乱れはなかなか治まってくれなかった。


「……すみません。遅《おそ》くなって」

「ああ、待っていたよ琉夏。謝らなくても大丈夫」

ソファの背越《ご》しに見えるのは、ダークチョコレート色の髪だけだった。

動かないので眠っているかもしれないと思ったが、レオンは背後から声をかけた琉夏を振《ふ》り返り、腰掛《こしか》けていたソファから立ち上がる。

リビングの入り口で立ち竦《すく》む琉夏の前に立ち、「こちらへ」と短く促《うなが》して歩き出した。

リビングで話でもするのかと思っていたのに、予想外の動きをするレオンに驚《おどろ》いて慌てて後をついて行く。

「どこに……？」

問いに答えはない。

ゆったりとした大股《おおまた》で歩くレオンが振り返らないのは、琉夏がついて来ているという確信があるからか？

階段を上がったレオンが、迷いのない足取りで向かう先は、まさか……と鼓動が高鳴るのを感じる。

なにも言わずに歩いていたレオンは、固く閉じられた扉《とびら》の前で足を止め、初めて琉夏を振り向いた。

「この部屋……」

初日にマリナから立ち入らないよう言われていたけれど、注意されていなくても入ることはできない一室だった。

施錠《せじよう》された扉を開けられるのは、屋敷の所有者であるレオンだけなのだ。

「どうぞ」

当然のように鍵《かぎ》を開けたレオンは、廊下の真ん中で立ち止まっている琉夏に右手を差し出してきた。

どうして、そこに琉夏を招き入れようとするのだろう。

機会があれば見せてもらえないかと仄《ほの》かな期待があったとはいえ、説明もなくレオンから招かれると戸惑《とまど》うばかりだ。

足が重くて動けない。声も出せない。

「琉夏」

硬直《こうちよく》する琉夏をレオンが低く呼んだ途端《とたん》、魔法《まほう》のように身体の強張《こわば》りが解ける。その声にふらりと引き寄せられて、開け放された扉に近づいた。

レオンの手が、部屋の照明のスイッチを押す。廊下に漏《も》れる眩《まばゆ》い光に導かれ、息を詰《つ》めて覗《のぞ》いたその一室は……。

「ルカの部屋だ」

ぽつりと零《こぼ》した琉夏の手が、ギュッと握られる。

低い声が、琉夏のつぶやきに答えた。

「俺が屋敷を買い取った時は荒《あ》れていたが、記憶《きおく》を頼《たよ》りに可能な限り再現した。……この部屋を見てその感想ってことは、かつてのこの部屋を知っているということだ」

「…………」

自分を「俺」と言う、目の前にいるこの人は誰《だれ》だろう。

今、ここは……いつだ？

自分が立っている空間が、現実か否《いな》かあやふやになる。不思議な心地《ここち》で隣《となり》の長身を見上げると、蒼《あお》い瞳《ひとみ》と視線が絡《から》んだ。

「……レオンハルト？」

自分が呼んだのは、誰の名前なのか……。

ふらついた身体を、「琉夏」と呼ぶ声と共に支えられた。肩《かた》を掴む手は、大きく……力強くて、琉夏はこの手を知っている。

「やっと逢《あ》えた、琉夏。この屋敷を整えて待っていれば、いつか必ず琉夏に逢えると信じていた」

「レオン？　でも……レオンまで大鏡を通ってこっちに来た？」

ここにいるレオンは騎士《きし》のレオンと同一人物なのかと、不可解な思いで首を捻《ひね》る。

それだと、不自然な点がいくつかある。

あのレオンに現代の経営の才はないだろうし、教授とは、去年都内の植物博で顔を合わせたと言っていた。

容姿もよく似ているとは思うが、レオンそのものではない。

混乱する琉夏に、レオンは苦笑《くしょう》を滲《にじ》ませて首を横に振った。

「違《ちが》う。子どもの頃《ころ》からぼんやりとした夢を繰り返し見ていたんだが、それがなにを意味するのか理解したのは、二十年前だった。琉夏の誕生日は、六月だろう？」

「そう……だけど」

「琉夏が同じ世界に誕生したのがきっかけで、一気にかつての記憶を取り戻《もど》したんだと思う。玄関《げんかん》前で目が合った瞬間、捜し続けて待ち望んでいた琉夏だとわかったよ」

夢を見ていた……琉夏が誕生した頃に、かつての記憶を取り戻した。

それらの言葉は、まるで目の前にいるレオンが『あのレオン』だと言っているみたいだ。

「騎士のレオンの、生まれ変わり？　僕のことを、憶《おぼ》えている？」

信じ切れなくて、疑問形で問い返す。

琉夏を見詰《みつ》めたレオンは、迷いなく大きくうなずいた。

「もし、琉夏がルカ様と入れ代わる前だったら下手なことは言えない。迷ったが……この部屋を見せれば答えは出るかと、賭《か》けてみた」

そうだ。今ここにいるレオンとの出会いが、琉夏が鏡の向こうの世界に行く前だったら、ルカの部屋を見せられても「すごい本の数ですね」くらいで終わったはずだ。

かつて、琉夏が約一ヵ月を過ごしたこの部屋を目の当《ま》たりにしたら、今の琉夏がどうするか、反応を見極《みきわ》めようとしたレオンの判断は正しい。

「僕にとっては、ルカと入れ代わって……戻ってきて、まだ一週間も経《た》っていないんだ。こんな……レオンだって言われても、わかんな……い」

レオンなのに、レオンではない。かすかな違和感《いわかん》が、琉夏の混乱を加速させる。

レオンに感じた恋情《れんじょう》と、別離《べつり》の痛みはまだ生々しく琉夏の胸に刻まれているのに……。

戸惑う琉夏の肩に置かれたレオンの手に、グッと力が込められる。

「俺は、待った。琉夏といつか逢えるはずだと……絶対に、どこにいても見つけ出すと決めていた。やっと逢えたんだ、琉夏」

手を震《ふる》わせながら懸命《けんめい》に琉夏に告げるレオンは、先輩《せんぱい》たちや教授がいた時とは纏《まと》う空気が違う。

落ち着いた大人にしか見えなくて紳士然《しんしぜん》としていたのに、今は感情を剥《む》き出しにして琉夏と向き合っている。

なにも言えない琉夏にもどかしさが募《つの》ったのか、肩にあった手が離《はな》れた直後、両腕《りょううで》の中に抱《だ》き込まれた。

「琉夏」

頭のすぐ傍《そば》で名前を呼ぶ声は、レオンのものだ。

もう二度と逢えない……そう覚悟《かくご》して、背中を向けた。

琉夏にとっては、たった数日前のことだ。でもレオンは、どれほど長い間琉夏と逢える日を待ったのだろう。

「琉夏。琉夏……本当に、琉夏だ」

腕の中に抱いた琉夏が、幻《まぼろし》ではないかと……怖《こわ》がっているように、縋《すが》る声で繰《く》り返される。

胸の奥が熱くて、痛い。

レオンに抱き締《し》められているのだと、急激に実感が沸《わ》き上がってきた。

「レオ……ン。ぁ……」

おずおずと背中を抱き返す。レオンの身体《からだ》がビクリと震え、頭を摑《つか》むようにして顔を上げさせられた。

近づいてくる端整《たんせい》な顔、蒼い瞳から……逃《に》げられない。

「ン……、ッ……ッ」

触《ふ》れた唇《くちびる》が震えていると感じた直後、渇望《かつぼう》を癒《いや》すかのように熱い舌が潜《もぐ》り込んでくる。

頭の芯《しん》が甘く痺《しび》れ、思考が情熱的な口づけに溶《と》かされる。

「ッあ……レオン」

「琉夏。すまない。……放せない」

「ぅわっ」

謝罪の意味を問う間もなく、ひょいと抱き上げられて部屋の奥に運ばれた。

そっと下ろされたのは、馴染《なじ》みの深いベッドの上……。

無言で琉夏に手を伸《の》ばしてきたレオンは、琉夏のシャツのボタンを素早《すばや》く外して胸元《むなもと》に手を差し入れてきた。

「あの、レオン……ッ、ぁ」

肌《はだ》の熱、心臓の鼓動《こどう》を確かめているみたいだ。大きな手でゆっくりと胸元を撫《な》でられ、ざわりと鳥肌が立った。

戸惑いながら見上げたレオンは、餓《う》えた獣《けもの》がようやく捕《と》らえた獲物《えもの》を前にしたかのような、業火《ごうか》を孕《はら》んだ眼差《まなざ》しで琉夏を見据《みす》えている。

声が出ない。深い海の色の瞳に、縫《ぬ》い留められているみたいだった。

「琉夏……」

自分に向けられた強烈《きょうれつ》な欲《よく》と迫力《はくりょく》に怯《ひる》んでいた琉夏だが、ギリギリのところで激情を抑制《よくせい》しようとしてか、揺《ゆ》らぐ声でレオンに名前を呼ばれて硬直が解けた。

「大丈夫《だいじょうぶ》。ここにいる」

レオンの手を摑み、手首の内側に唇を押しつける。

ここにいるからと、子どもに言い聞かせるように告げると、レオンは嬉《うれ》しそうなのに今にも泣き出してしまいそうな複雑な表情を見せた。

焦《あせ》りに突《つ》き動かされているようでいながら、琉夏に触れる手は優《やさ》しい。

ボタンを外したシャツ、ボトムスと下着を纏めて剝《は》ぎ取り、もどかしそうに自身も着ているものを脱《ぬ》ぎ捨てる。

丸齧《まるかじ》りされそうな圧が、怖くないと言えば嘘《うそ》になる。なのに、逃げようと微塵《みじん》も思わない自分が不思議だった。

ふとなにかに思い至ったかのように、レオンがサイドテーブルに手を伸ばす。手に持っているのは、硝子《ガラス》の小瓶《こびん》？

「あの、それ……」

蓋《ふた》を開けて小瓶を傾《かたむ》けたレオンの手に、とろりとした液体が垂れる。ふわりと鼻先をくすぐったのは、花の香《かお》りだ。

「ルカ様は冬場になれば手足が荒れていたので、花の蜜《みつ》を混ぜた香油《こうゆ》を常備していた」

「…………」

冬場ではないのに手に取ったそれの用途《ようと》は、聞かなくても予想がつく。あの時代と違い、今では容易《たやす》く情報が手に入るのだ。

琉夏はベッドに背中を付けたまま、レオンの一挙手一投足から目を離せない。

「傷つけないよう、細心の注意を払《はら》う」

そう口にして遠慮《えんりょ》がちに膝《ひざ》に触れてきたレオンは、琉夏からの拒絶《きょぜつ》を恐《おそ》れているのだろうか。

レオンを拒《こば》む気はない。ただ、展開が速すぎて少しだけ戸惑《とまど》っているのだ。

「ん……」

嫌《いや》ではないのだと伝えたくて、レオンに触れられている膝の力を抜《ぬ》いた。琉夏の意図を汲《く》んだのか、内股《うちまた》を這《は》い上がった手が更《さら》に奥へと伸ばされる。

長い指が屹立《きつりつ》へと絡《から》みついた瞬間、大きく身体を震わせた。

「あ……ぁっ、ン」

香油を纏《まと》った指はやたらと滑《すべ》りがよくて、琉夏は初めて身に受ける刺激《しげき》にビクビクと全身を震わせる。

「っあ、ゃ……ッ、ぁー……ッぅ」

声が……勝手に唇から溢《あふ》れる。頭の中が真っ白になり、寒いわけではないのに震えが止まらない。

自分の身体なのに、どうなっているのかわからなくて怖い。

「ゃ、レオ……ン。なんか、これ、変……な」

「苦痛はないだろう？」

「ぃ……けど」

触れた指への反応で、琉夏が感じているのが苦痛ではないことは察せられるはずだ。戸惑っているだけだということも、レオンには見透《みす》かされているのかもしれない。

それからはもうなにも言わずに琉夏に触れ、レオンの指で思考も身体もドロドロに溶かされていく。

喉《のど》を通る息が熱い。触れるレオンの指も、乾《かわ》いた唇を時おり舐《な》めてくる舌も熱くて……身体のどこにも力が入らなくなる。

「……琉夏」

「ぁ、レオン……そ、れ、ッ……ぁ！」

名前を呼びながら強く膝を掴む手に、一瞬《いっしゅん》だけ意識が浮上《ふじょう》する。ハッと目を開いた琉夏はレオンの名前を無意識に口にしたけれど、続く言葉が出てこない。

双丘《そうきゅう》の狭間《はざま》に熱を感じた直後、執拗《しつよう》に塗《ぬ》りこめられた香油の効果か、ほとんど抵抗《ていこう》なく身体の奥に熱塊《ねっかい》が埋《うず》められた。

声も出せずにベッドの上で小さく身体が跳《は》ね、レオンの腕に抱き留められる。

苦しい。熱い……身体中が燃えているみたいだ。

でも……。

「琉夏。……すまない」

掠《かす》れたレオンの声が苦しそうに名前を呼ぶから、重く感じる腕を上げて背中を抱き返した。

密着した胸元からは、激しい動悸《どうき》が伝わってくる。

レオンの身体も琉夏と同じくらい熱くて、触れたところから溶け合い、混ざっていくみたいで……気持ちいい。

「謝る、な。レオン……レオンハルトの、抱《かか》えた熱を……知りたか、った」

高潔で常に冷静沈着《ちんちゃく》な騎士《きし》が、その内に秘《ひ》めた熱をずっと知りたかった。

ここにいるレオンは、琉夏のよく知っているレオンなのか……まだよく知らないレオンなのか、もうどちらでもいい。

どちらであっても、琉夏を深く想《おも》ってくれるレオンハルトだと感じられるから、それでよかった。

「も、っと。レオン……全部、欲しい」

求められるのと同じだけ、琉夏もレオンを望んでいる。

ここにいるレオンは『ルカ』のためのレオンではなく、琉夏が独り占《じ》めしてもいい存在なのだと思えば、なにもかも欲しいと求める心が止められなかった。

「琉夏……琉夏、もう二度と放さない」

強く抱き締められ、身体の奥にある熱が琉夏を奔流《ほんりゅう》に巻き込んで理性を遠くへ追いやる。

この腕に溺《おぼ》れていいのだと、自分に許した瞬間、ゾクゾクと悪寒《おかん》に似たものが背筋を駆《か》け上がった。

「ゃ、レオ……ン、なんか、も……っ、だめ……だ」

「ン、琉夏……いくらでもあげるから、全部見せて」

「あっ、ぁ……っ、ッ……んんっ」

身体《からだ》の奥に自分のものではない鼓動を感じながら、追い上げられて全身を震《ふる》わせる。

……足りない。まだ、離れたくない。重ねた身体のナカで熱をそのまま孕むレオンからも同じ想いが伝わってくる。

「はっ、はぁ……レオン……っん」

「まだ、だ。琉夏」

熱っぽい呼吸の合間に唇《くちびる》を触《ふ》れ合わせて、まだ終わらないと潤《うる》む瞳《ひとみ》が琉夏を見据える。

声にならない答えを、レオンの背中を撫でる手のひらから受け取ってくれただろうか。

熱くて蕩《とろ》けそうな舌を搦《から》め捕《と》り、互《たが》いの吐息《といき》を混じり合わせて熱を共有する。

「レオン……離れ、な……っ」

もう放さない。

耳の奥に残るレオンの一言に、同じ想いだと返したつもりだけれど……声になったかどうかはわからない。

「琉夏。……愛してる。琉夏」

抱《だ》き締《し》める腕《うで》の強さと、濃度《のうど》の増した口づけがレオンの答えだろうから、きっと受け止めてくれたはず。

愛してるという響《ひび》きは、清廉《せいれん》な騎士から告げられた言葉と同じなのに、それよりずっと熱を含《ふく》んでいて……琉夏の心身を蕩けさせた。

熱の嵐《あらし》に巻き込まれたような時間が過ぎ、蕩け切った思考をレオンの腕に抱かれたまま少しずつ取り戻《もど》す。

ようやく部屋の中を見回す余裕《よゆう》が生まれた琉夏は、微《かす》かな違和感《いわかん》に眉《まゆ》を顰《ひそ》めた。

扉《とびら》の脇《わき》には、例の大鏡が掛《か》けられている。

でも、あれは……。

「ルカの部屋……だけど、大鏡が違《ちが》う？」

独り言のつもりだったのに、レオンが「え？」と零《こぼ》して背中から琉夏を抱き寄せている腕の力を抜いた。

少しだけベッドに身体を起こして、鏡を見ているようだ。

「今、物置になっている部屋にあるやつが……あの頃《ころ》ルカの部屋にあった鏡だ」

よく似ている鏡だけれど、違うとつぶやいた琉夏に、背後のレオンは「あー……」とため息混じりの声を零した。

「そう……か。この部屋の鍵《かぎ》は俺が持っていたのに、琉夏がルカ様と入れ代わることができたのは、あちらが正解だったからなのか。どうやら、後年になって精巧《せいこう》なレプリカが作られたらしい。俺がこの屋敷《やしき》を買い取った時には、ほとんど同じに見える大鏡が二つ存在したんだ。どちらが本物かわからなかったから、朧《おぼろ》げな記憶《きおく》を頼《たよ》りにそれらしいほうをこの部屋に飾《かざ》ったんだが……あっちが本物か。参ったな」

失敗した、と反省しているレオンには申し訳ないが、だから琉夏はあの大鏡を介《かい》してルカと入れ代わることができたのだ。

レオンも、それはわかっているのだろう。

「結果的に、正解なのかもしれないが。……そういうことにしよう」

そんな言葉で、自分を納得《なっとく》させている。

しばらく沈黙《ちんもく》が流れた。疲労感《ひろうかん》に包まれた琉夏がうとうとしかけたところで、頭の後ろからレオンの声が聞こえる。

「琉夏。……すまない」

「ん？　なんで、謝ったり……」

唐突《とうとつ》な謝罪に、薄《うす》れかけていた意識がクリアになる。すまない、の理由を尋《たず》ねると、琉夏を抱き寄せるレオンの腕の力が強くなった。

「騎士のレオンはともかく、今の俺のことは知らないだろう。琉夏が鏡の向こうの記憶を持っていてもそうでなくても、驚《おどろ》かせないようにゆっくりと関係を深めようと計画していた。が、いざ琉夏を前にすると衝動《しょうどう》を抑《おさ》えられなかった。……耐《た》えて耐えて必死に我欲《がよく》を抑えて手放した過去のレオンが、今度は絶対に放さないと自制心を投げ捨てたみたいだな」

騎士のレオンを語る口調は、他人事《ひとごと》のようだが客観視しきれていなくて、レオン自身も複雑そうだ。

「本当は、あの時も琉夏を強引《ごういん》に我が物にしてしまいたかった。抱き締めて、自分に縛《しば》り付けてしまおうかと……迷っていた。でも、そうしたら手放せなくなるとわかっていたから、結局できなかった。命の危険があるところに、琉夏を引き留められなかったんだ」

別離《べつり》の間際《まぎわ》、騎士のレオンがこちらを見ていた熱い眼差《まなざ》しと、左手を握《にぎ》る指の力強さを思い出す。

触れた唇は、熱くて……口づけは甘くて苦くて、レオンも震えていた。

「うん……僕も、あの時レオンの腕に抱かれていたら、離れたくないって縋《すが》りついていたかも。ルカのこととか、こちらの世界のもの全部から顔を背《そむ》けて、きっとレオンと一緒《いっしょ》にいることを選んでいた」

そのせいで、現代のなにがどう変わっていたのかはわからない。結局琉夏は、こうしてここに戻ってきたのだ。

「騎士のレオンと比べたら、俺はケダモノだな。あの精神の強さは、真似《まね》できない」

自嘲《じちょう》を含む声でつぶやいたレオンだが、一拍《いっぱく》置いて「でも」と続けた。

「琉夏への想いは、負けていないつもりだ。……これも、証明するのはこれからになるが。今の俺は、なにを言っても誠実さに欠けるな」

最後のほうは弱った声で零して、はぁ、とため息をつく。

そんなレオンに、琉夏は「僕も同じ」と小声で返した。

衝動に身を任せて流されたのは、お互い様なのだ。ほぼ初対面の人とこんなふうに関係を持つなど、自分でも信じられない。

「いろいろ順番をすっ飛ばしたが、琉夏を放さないというのは本音だ。そうだな……日本の高地に作る予定の、リゾートホテルに併設《へいせつ》した植物園の管理をお願いしてもいい。俺の近くに、琉夏の居場所を作る。だから……ずっと一緒にいてくれる？」

背後から琉夏を抱き寄せている腕が、ギュッと力強くなる。

どんな答えだろうと放す気はないと、言葉ではなく語っているみたいだ。

「僕はまだ学生で、勉強中の身だから……分不相応だ。でも何年か後、それにふさわしいと思ってもらえる成長ができていたなら」

明確な返事はできなかった。

けれどレオンは、ポジティブな方向に受け取ってくれたようだ。

「ひとまず、数年後の約束ができた。琉夏の成長を傍《そば》で見させてもらおう」

嬉《うれ》しそうに言い、クスクスと笑う。

そういえば、騎士《きし》のレオンが声を上げて笑う姿は見なかった気がするな……と、あまり表情を出さない硬質《こうしつ》な横顔を思い浮《う》かべた。

レオンだとしても、このレオンは別の人なのだ。でも……だから、別の存在としてもっと知りたい。

「ルカのノートとか、残ってる？　僕と入れ代わって、戻ってからのルカのことを知りたい」

「ああ。可能な限り保存してある。琉夏が残して行った、ルカ様に対する走り書きへの返事も記されているよ」

「本当に？」

確かに、ルカのノートへいくつかの書き置きをしておいた。有毒草への注意だったり、琉夏は知っていてもルカは知らないらしい薬草の効能だったり……。

それらへの返事があるというのは、不思議な気分だった。確かに『ルカ』が存在した……琉夏もそこにいたという、証《あかし》のようなものだ。

夢から醒《さ》め切っていないような心地《ここち》で聞き返した琉夏に、レオンは「ああ」とうなずく。

「ノートなら、机のところに……ちょっと待ってて」

琉夏の髪《かみ》を軽く撫《な》でたレオンが、ベッドを降りて窓際に置かれている机のところへ向かう。

さほど待つことなくベッドに戻ってきたレオンの手には、見覚えのある綴《つづ》られた紙の束があった。端《はし》のほうは擦《す》り切れているし、経年のせいで変色しているけれど、間違いなくルカのノートだ。

ベッドに半身を起こした琉夏は、レオンが両手で持っているノートを指先でそっと撫でる。

「破れないかな。……そーっと」

恐《おそ》る恐る、慎重《しんちょう》に古びた紙の端を摘《つ》まんで捲《めく》った。わずかに色褪《いろあ》せたインクで記された植物の文字や絵が目に飛び込んできた途端《とたん》、視界がじわりと滲《にじ》む。

ルカのノート、そのままだ。でも……。

「読めない。なんで？」

つぶやきは、誤魔化《ごまか》しようもない涙声《なみだごえ》になってしまった。

少し前まで当然のように読めていたはずの字が、今の琉夏には読み解くことができなかった。

確かに、馴染《なじ》みのあるノートなのに……。

大鏡の魔力《まりょく》が、今の琉夏には及《およ》んでいないせいだろうか？

「ルカ様の琉夏へのメッセージは……ここ」

途方《とほう》に暮れていると、レオンの手が数ページ捲ってノートの中心部分を指差した。

そこには、筆跡《ひっせき》の違う文字が並んでいる。この手で綴った記憶もあるのに、やはり読むことができなくて唇《くちびる》を噛《か》んだ。

「ドイツ語でも、古語だ。読み解けなくても仕方がない」

「あっちにいた時は、会話もできたし読み書きもできていたのに……って思うけど、そのほうがおかしかったんだと思う。僕では読めないのは、当然だ」

レオンは、自分に言い聞かせるような言葉を零《こぼ》した琉夏の肩《かた》を抱《だ》き、指差した部分の翻訳《ほんやく》をしてくれる。

「琉夏が、薬草の効能について書いて……ルカ様は、試《ため》してみたけど本当だった、ありがとうとお礼を。あとは、ここ……トリカブトに気をつけろと注意喚起《かんき》した琉夏に、ルカ様が感謝を綴っている。最後のページには……直接話したことはないけど、レオンから話を聞いた琉夏が大好きだよ、と」

ノートの半分以上は、琉夏と再び入れ代わってから書かれたらしく知らない内容だった。最後のページも、琉夏が目にした時は白紙だったけれど、今は琉夏へのメッセージが記されているらしい。

レオンが教えてくれた言葉が本当なら、嬉しい。鏡越《ご》しに手を触《ふ》れたルカを思い浮かべて、胸の奥が熱くなる。

「あの後、ルカと……レオンはどう過ごした？　皇后の企《たくら》みを、うまく躱《かわ》せた？」

ルカの暗殺を謀《はか》っていた皇后から、逃《のが》れることができたのだろうか。マリナは若くして亡《な》くなったと言っていたけれど、まさか……と怖《こわ》い想像をして言葉を切る。

琉夏の懸念《けねん》を、ルカの傍に仕えていたレオンが晴らしてくれる。

「ルカ様が王都へ戻《もど》る気はない、皇位継承権を放棄してずっとこちらで過ごすことに決めたと表明した結果、皇后様はルカ様を排斥《はいせき》する必要はないと判断したようだ。やがて、興味を失ったように干渉《かんしょう》してこなくなった」

「そっか。……よかった、って言ってもいいのかな」

結局、ルカが若くして亡くなってしまったのであれば、「よかった」と言い切ることができない。複雑な思いでうつむいていると、肩を抱くレオンの手に強く引き寄せられた。触れたところから、ぬくもりが伝わってくる。

「ルカ様は、領地の民《たみ》に慕《した》われて幸せそうだったよ。過去のレオンは、ルカ様が亡くなってからも生涯《しょうがい》ここに留《とど》まって屋敷《やしき》とルカ様の植物園を護《まも》った。民たちに、自分が没《ぼっ》した後も護るよう頼《たの》んでいたこともあって、俺が捜《さが》し出した時も屋敷内はともかく植物園はいい保存状態だった。貴族ではなく庶民《しょみん》でも容易《たやす》く手に入れられる薬草を広く知らしめ、効果を最大限に引き出すことのできる術《すべ》を伝えた。ルカ様の功績は大きい」

「……ルカは、勉強熱心だったから」

今は、読めない。でも、かつて目にしたノートからは、ルカの日々の努力が見て取れた。

自分のためだけではなく、民のために知識を活《い》かしたルカが教会に祀《まつ》られ、現代でも聖人として語り継《つ》がれているのは誇《ほこ》らしかった。

義母や異母弟から理不尽《りふじん》な扱《あつか》いを受け、早世することとなったルカは、本当に幸せだったのか……胸に渦巻《うずま》く表現し難《がた》い淋《さみ》しさは消えそうにないけれど、『レオンハルト』とルカのことを話しているという不思議な感覚はなんだかくすぐったくて、琉夏は自然と唇に微笑《びしょう》を滲ませる。

「明日は……ルカのいる教会に、行ってみたい」

「ああ。案内するよ。教会には、ルカ様だけでなく傍《かたわ》らで護り続けた守護騎士も共に祀られている。誇らしいような、照れくさいような……不思議な気分だ」

「守護騎士……そっか。レオンは、別れ際《ぎわ》の約束を、守ってくれた。……ありがとう」

大事な話をしているのに、頭がぼんやりしてくる。ふわふわと……視界が揺《ゆ》らぎ、意識を保てなくなりそうだ。

琉夏の声でそのことを察したらしく、レオンが「ふふっ」と笑った気配が伝わってくる。

「疲《つか》れただろう。このまま眠《ねむ》って。明日は、教会を訪《おとず》れて……あの頃《ころ》、共に歩いた薬草の群生地を散策しよう。変わった所もあるけど、変わらない所もある。琉夏に逢《あ》えたら見てもらいたかったものが、たくさんあるんだ」

「ん……」

静かに語りながらそっと髪に触れる手が心地好《よ》くて、幸福感と安堵《あんど》感《かん》に包まれる。そのせいで、どんどん意識が霞《かす》んでいく。

長い年月を経ても変わらない、凛々《りり》しく忠実な騎士の腕《うで》の中で護られている。誰《だれ》よりも信頼《しんらい》できて、どこよりも優《やさ》しい場所だ。

今の琉夏も……きっと、過去のルカも同じように感じていた。

琉夏は胸の中をあたたかなもので満たされて、ゆっくりと穏《おだ》やかな眠りに落ちた。

あとがき

こんにちは、または初めまして。真崎《まさき》ひかると申します。この度は『仮初の皇子《おうじ》と運命の騎士《きし》』をお手に取ってくださり、ありがとうございました。

現代の大学生が、数百年前の皇子と入れ代わり……という、なんとなくタイムリープなファンタジーです。

ただ、国の中心部から離《はな》れた高地で療養《りょうよう》しているので、登場人物が皇子と騎士なのに煌《きら》びやかな要素がほぼ皆無《かいむ》で、校正をしながらこの地味さがとても私の書くものだな……と遠い目をしてしまいました。

華《はな》やかなのは身分のみといった雰囲気《ふんいき》なのですが、イラストのカトーナオ先生がとっても綺《き》麗《れい》で格好いい二人を描《えが》いてくださったおかげで、設定に釣《つ》られてお手に取ってくださった方に面目《めんぼく》が立ちます。

仮初とはいえ皇子の琉夏《るか》は綺麗で、騎士のレオンハルトは凛々《りり》しく格好よく、惚《ほ》れ惚《ぼ》れとしてしまいました。本当にありがとうございます。

担当I様には、今回も手のかかるやつだな、とハラハラさせてしまい申し訳ございませんでした。毎年夏は人として使い物にならなくなるのですが、今夏の酷暑《こくしょ》はかつてないほどのヘタレ具合で、お手数をおかけしました。大変お世話になりました。今後とも、よろしくお願い致《いた》します。

ここまでお付き合いくださり、ありがとうございました。まだ気軽に海外旅行に行ける状《じょう》況《きょう》ではないのですが、物語の中では国境も時代も越《こ》えられます。似非《えせ》ファンタジーですが、ちょっぴりでも楽しんでいただけると幸いです。

では、失礼致します。またどこかでお逢《あ》いできますように!

二〇二三年　暖冬の予想ですが結果はどうでしょう　真崎ひかる

仮初《かりそめ》の皇子《おうじ》と運命《うんめい》の騎士《きし》
真崎《まさき》ひかる

角川ルビー文庫 23877

2023年12月1日 初版発行

発行者――山下直久
発 行――株式会社KADOKAWA
〒102-8177 東京都千代田区富士見2-13-3
電話 0570-002-301(ナビダイヤル)
印刷所――株式会社暁印刷
製本所――本間製本株式会社
装幀者――鈴木洋介

●お問い合わせ
https://www.kadokawa.co.jp/ (「お問い合わせ」へお進みください)
※内容によっては、お答えできない場合があります。
※サポートは日本国内のみとさせていただきます。
※Japanese text only

ISBN978-4-04-114283-7 C0193 定価はカバーに表示してあります。

 ◇◇◇